ココロワヒメ
着物は襷掛け
裾の腰上げをして
動きやすい丈にしてます
背後の歯車は運動しやすいよう
小さくしている

蝶を模したべっこう飾り
髪は二点で結留め
扇子
花と蝶の模様が入った十二単
周りに蝶のオーラがひらひらと舞っている
機嫌がいいと増えるらしい
ウケタマヒメ

天穂《てんすい》のサクナヒメ

ココロワ稲作日誌

原作 えーでるわいす
小説 安藤敬而

★この作品はフィクションです。実在の人物・団体・事件などには、いっさい関係ありません。

天穂のサクナヒメ ココロワ稲作日誌

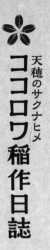

人物紹介

サクナヒメ
武神タケリビと豊穣神トヨハナの間に生まれた神。自堕落でわがままいっぱい暮らしてきたが、ヒノエ島では人とともに大きな困難を乗り越えた。

タマ爺《じい》
サクナを父母にかわり育ててきた。かつては神剣であったが打ち直され、サクナ愛用の『星魂の農具』としても活躍する。

ココロワヒメ
サクナの親友である都の上級神。車輪と発明を司る。小説家という一面も……。

田《た》右《う》衛《え》門《もん》
人間の侍で、稲作の知識でサクナを助ける。正式名は「桂右衛門尉瑞月朝臣高盛（かつらうえもんのじょうみづきのあそんたかもり）」。

ミルテ
「フォロモス教」の宣教師団の一人。島では料理と医師、教育を担当。きんた、かいまるとともに人間界に帰る機会を待っている。

きんた
戦災孤児として育ち、口も悪く手癖も悪かったが、島での生活を経て落ち着き、今では一人前の鍛冶師となった。

ゆい
織物、手芸の技術を持つ。以前はきんたに依存していたが今では少しずつ自律しつつあるようだ。

かいまる
鳥獣と心を交わすことができる幼子。少しずつ言葉を話すことができるようになってきた。

冬

1

夕陽《ゆうひ》により蜜柑《みかん》色に染まった緩やかな峠道を、一足の深沓《ふかぐつ》が登っていた。艶やかな黒髪を美豆良《みずら》に結った、凛々《りり》しい顔つきの少女――この島を司《つかさど》る一柱《ひとはしら》の豊穣神《ほうじょうしん》、サクナヒメである。菅《すげ》の笠《かさ》を被《かぶ》り、竹の狩猟着を着込んでおり、肩には一羽の真っ白な兎《うさぎ》を担いでいた。麓で仕留めた獲物である。

峠道の脇には去年《きょねん》の雪が残っている。サクナはその付近を見やり、顔を明るくした。

「おお、見よタマ爺《じい》。蕗《ふき》の薹《とう》が出ておるぞ。採っておこう」

肩口から、翡翠《ひすい》色をした剣霊のタマ爺も覗《のぞ》き込んだ。

「蕗味噌《ふきみそ》などにすれば酒の肴《さかな》にもよいでしょうな」

「うむ、ミルテに作ってもらおう。楽しみじゃのう！」

「おひいさま、まだ涎《よだれ》を垂らすには早いですぞ」

サクナは屈《かが》み、雪の下から芽を出している蕗の薹を摘み採った。ほろ苦さと青臭い風味が漂う蕗の薹は好物の一つだ。都から仕入れた味噌とはよく合うだろう。

「サクナ様！　爺殿！」

背後から野太い声が聞こえた。振り向けば、朗らかな顔をした大男――田右衛門《たうえもん》が歩いてくる。釣り竿《ざお》を担いでおり、傍らには犬も一緒だ。

「おお、どうじゃった釣果は？」

「はっはっは、ご覧《くく》ください！」

田右衛門が腰に括り付けた魚籠《びく》から取り出したのは、三尺はあろうか、でっぷりと太った鯉《こい》である。口をぱくぱくと動かしている。

「なんと！　珍しいこともあるもんじゃの」

驚くサクナを前にして、田右衛門は天を仰いで大笑する。

「いやあ、某《それがし》も初めは鯉の前に糸を垂らしておいたのですがな。待てども待てども一向に食いつきませせぬ。そこで某、しびれをきらし、川に飛び込んで手で捕らえました」

「何を考えとるんじゃおぬし⁉」

立春を過ぎたとはいえ、まだまだ寒い。とても遊泳できる水温とは思えない。

「早《はよ》う帰って囲炉裏《いろり》で温まった方がよいな」

「いや、ご心配は無用です。阿呆《あほう》は風邪を引かぬと申しますからなあ」

「おぬし、自ら申すことではないぞ」

稽古場を越え、ゆいの機織り場が見えてきた。その前で腹掛けを着けた稚児《ちご》――かいまるが二頭の犬とじゃれ合っている。サクナたちに気付くと、かいまるは飛び跳ねた。

「あーあ！　サクナ！」

「待たせたな。田右衛門が立派な鯉を捕まえてきたぞ」

「泥抜きをするのがよいかと思いまする。盥《たらい》に水を張り、表へ出しておきましょう」

「それじゃあ今日はわしの獲《と》ってきた兎じゃのう。さ、夕餉《ゆうげ》にしよう」


都から船に乗ること数日、遠く離れた大海原。古くより多くの鬼が巣食い、主神カムヒツキの威光すら届かぬこの地は、長らく鬼島《おにじま》と呼ばれていた。しかしそれも今は昔の話。悪神である大龍《オオミズチ》は討ち果たされ、獣鬼《けものおに》は消えた。名産米、天穂《あまほほ》を誇るその島はヒノエという。頂《いただき》の世と麓の世――二つ世を繋ぐ天浮橋《あめのうきはし》はいまだに架かっていない。

その日の夕餉は白飯、兎肉の炙《あぶ》り焼き、土筆《つくし》の味噌汁、蕗味噌、根菜の糠漬《ぬかづ》けであった。サクナが捌《さば》いた兎の肉を、ミルテが焼いて味付けしたものだ。皆で囲炉裏を囲み、感謝を込め「いただきます」と発する。サクナは肉を摘《つ》まみ、舌鼓を打つ。

「なんじゃこの兎肉、甘辛くて旨《うま》いのう！」

白い頭巾で頭を包んだ異国の女性、ミルテは笑って答える。

「ミヤコのリョウリ書をモトにして、ヤき方をカえてみました！」

「おぬし、また腕を上げたのう」

田右衛門が白飯と蕗味噌を掻《か》き込みながら言う。

「この蕗も絶品にございます。麓には白梅が咲いておりましたし、日脚も伸びてきましたなあ」

「ほいじゃ、またすぐ忙しくなんねえ」

物腰の柔らかな少女、ゆいの言う通りだった。春の訪れは稲作の始まりを意味する。サクナたちがヒノエ島で育てている天穂は都でも需要が高い。他の地でも栽培されているが、土地や育て方により米の味は様変わりする。ヒノエ産天穂の人気はことさら高かった。普段きんたは刀を打ち、ゆいは布を織っているが、稲作は一家総出の仕事である。

サクナは椀《わん》を置いて、皆に語り掛ける。

「おお、そうじゃった。わしじゃが、近いうちに都へ行こうと思っておってのう」

サクナの対面で肉にがっついていた浅黒い少年、きんたは、「あ？」と声を上げる。

「正月に帰《け》したばっかでねか」

「稲作が始まれば都へはなかなか行けなくなるからのう。年始にはココロワも忙しくて会えんかったしな。それに都で探したいものもあるんじゃ」

「何《なぬ》しゃ、ほいは？」ゆいが首を傾《かし》げる。

「それはもちろん！」サクナは顔を綻ばせた。「朧月香子《おぼろづきこうし》の本じゃ！　正月に帰ったとき、新作が出るやもしれぬと噂《うわさ》を耳にしてな。もしかしたらもう店先に並んでおるやもしれん！　くう、いてもたってもいられん！　早く読みたいのう」

「朧月……？　ああ、お前《め》が好きな物っ書きか。ミルテに読ませられた。他人の色恋さ眺めて何が楽しんだ？　まっだく分がんね。おいらは刀打ってた方がいい」

「ふん、ゆいはどうじゃった？」

サクナの問いかけに、ゆいは箸を止め「ううん」と首を傾げる。

「おらにも……ちょっと難しかった。男さあっちこちへ目移りしてばかりで、なすてあんなに手ば出すのかや？　初めは一人ば愛してたのに」

「そこがまたよいんじゃ。心の移り変わりや機微が、香子の繊細な筆致で鮮やかに、深々と描かれておる。……ま、おぬしら童《わっぱ》には少し早かったかもしれんのう。あれは大人の読み物じゃからな。いずれ分かるときもこよう」

「何いってんだ。お前も童《わらす》みてえなもんでねか」

「あん？　おいおぬし、なんと申した！」

「おひいさま！　箸で人の子を指すのはお行儀が悪うございますぞ！」

タマ爺の忠告を無視し、サクナは囲炉裏へぐいっと身体《からだ》を突き出す。

「きんたよ、わしはもう酒も飲める歳《とし》なんじゃ。何度も言わせるでない！」

「前にも言ったたっぺ。酒なんておいらの村じゃ童《わらす》でも飲んでた。大体だ、お前、恋愛の機微だとか深みだとかいってんが、色恋ばしたことあんのかや？」

「ぬ、ぬあっ⁉　色恋とな⁉」

きんたの言葉に、サクナは一気に及び腰となった。

「神様の恋すかや？　おらも気になる」

「あい！　きくー！」

ゆいとかいまるが期待のこもった目を向ける。

「は……はん！」サクナは腕を組み、どっしりと構えた。「と、当然であろう。わしを誰だと思っとるんじゃ。わしともなれば色恋のひゃ、百や二百、経験済みよ。それはもう都中がその噂で持ちきりだったわ！」

「O！」

「それは……」

ミルテと田右衛門が顔を見合わせた。

「本当《ほん》だってや！　ぜひ語って聞かせてほしいっちゃ！」

ゆいとかいまるは期待して、きんたは疑わしそうに、じっとサクナを見つめている。サクナが横をちらりと見ると、タマ爺が呆《あき》れた表情を浮かべている。

サクナは黙って味噌汁を飲むと、空の椀を置いた。

「皆の者、もう食い終わったか。うむ、今日も旨かったのう。さ、手を合わせよ」

サクナへの感謝を示すために手を合わせながらも、ゆいは首を傾げた。

「ええ？　神様の話はどうすんべ？」

「ま、またの機会じゃ。それに、おぬしら童には早いかもしれんしのう」

「はん、本当《ほん》はどうせ……」

「ごちそうさまー！」

夕餉を終えたサクナは軒下に座った。外気は冷たく、火照った身体を冷ましてくれる。

「やれやれ、えらい目にあったわ……」

「おひいさま、また適当なことを申されますから……」

「し、仕方ないじゃろ。大体、きんたもきんたじゃ。わしの恋愛経験の有無と『片恋物語《かたこいものがたり》』のよさとは何も関わりがないわ！　むしろ『片恋物語』からその面白さを教わったんじゃ」

都でうずまく男女の愛憎、悲哀、歓楽――自分とはまるで無縁だったものをサクナは知った。その深遠な物語にサクナはずっと惹《ひ》かれ続けてきた。

「……しかし、朧月香子」

サクナは夜空に目をやった。雲一つない寒空に白い月が煌々《こうこう》と輝いている。

「あのような深遠な物語を描くとは、一体どのような女性《にょしょう》なのかのう。きっと今もこの夜空の下、その流麗な言の葉で素晴らしい物語を紡いでおるのじゃろう……」

2

「……書けません！」

都の一角、壮麗な庭園のある巨大な屋敷。青い月明かりの差す書斎で、作家の朧月香子――ココロワヒメは頭を抱えていた。文机《ふづくえ》に広がっている紙は真っ新《さら》だ。

車輪《しゃりん》と発明を司る上級神の一柱、ココロワヒメ。御柱《みはしらの》都《みやこ》を警護する機巧兵《からくりへい》の創作者としても、その名は都に広く知れ渡るようになった。

だが、その彼女が朧月香子であることを知る者は、この都には一柱としていない。全千二百巻からなる『片恋物語』は彼女の代表作で、一部の熱烈な愛好家を持つ。『片恋物語』を完結させた彼女は、次なる執筆に取り掛かっていた。

しかし――。

「……駄目です」

ココロワは墨に濡《ぬ》れた毛筆を置く。『片恋物語』を書き終えた後、彼女はもう新作を書くつもりなどなかった。自らの力を全て出し切って、納得できる作品を書けたからだ。

ココロワが再び筆を執った契機は、サクナと交わした会話だった。ココロワがヒノエへ手伝いに行っていた頃、朧月香子について語る機会があったのだ。

『恐らくはもう、本は書かれないのではないでしょうか？』

正体を隠して告げたココロワの言葉に、サクナは肩を落として言った。

『そうか……残念じゃ……。わしは昔から朧月香子には目がなくてのう……。この島にも一冊持ってきておるのだぞ。長くなくてもよいから、書き続けては欲しいものじゃ』

『……！』

ささいな一言だ。だが、それは光栄な言葉であった。評価も人気も顧みず、心中に溢《あふ》れてくる物語を表現するために筆を執《と》ってきた。だから読者の反応もあまり気にしたことはない。読者から、それもサクナから面と向かって感想を貰《もら》えるなど予想外だった。

（朧月香子を愛してくれている読み手がいるのです。それでしたら、そのような熱心な方のために再び筆を執ってみてもよいかもしれません……）

ただ、『片恋物語』は納得のいく完結をさせたため、続編を書くつもりはない。

では次に何を題材とするか。

頭に浮かんできたのは——ヒノエ島での稲作だ。以前のサクナは、母であるトヨハナヒメの成した莫大《ばくだい》な財を食いつぶし、自堕落な日々を送っていた。だが今では誰からも認められる立派な豊穣神となった。それだけの経験を、彼女はあの島で積んできたのだ。ヒノエでの稲作にはサクナを大きく成長させるほどの力があるのだ。

（稲作を題材にすれば面白い物語が書けるのではないでしょうか？　それこそ読み手であるサクナさんを喜ばせられるような……）

だが、いざ筆を執ると一向に書けない。その理由は明白だった。

（……私《わたくし》が、稲作を全くといってよいほど知らないからですわ）

ココロワはサクナたちの稲作を間近で見てきた。田から火山灰を抜く助言をしたし、多くの農機具も作った。だが、彼女自身は稲作を行っていない。知識としては知っているが、育苗も、田植えも、水見も、稲刈りも経験していない。

もちろん、書物からの知識や想像で物語を綴《つづ》ることはできる。事実、『片恋物語』は彼女の経験に根差したものではない。ココロワには物語に描いたような恋愛遍歴などないのだ。

（しかし、この書物を読んでしまった今となっては……）

ココロワは机上に置かれた冊子を手に取る。『四季草子《しきぞうし》　秋《あき》の章《しょう》』——都で話題になっている日記だ。都での日常生活、四季の彩りが、筆者の実体験に基づいた繊細な筆致で描かれている。その筆力は見事で、情景が頭に浮かび上がってくる。

そんな素晴らしい作品を読んだからこそ、筆が止まってしまう。

（稲作を経験していない私が、果たしてどこまで物語を掘り下げられるでしょうか。いえ、そこは割り切って……。ですが『四季草子』のように実の体験に基づいた方が……。そもそも私の想像による描写など軽んじられてしまうのでは……）

筆を執り、悩んで、筆を措《お》き……の繰り返しで何日も経《た》ってしまう。発明神としての仕事にも今一つ身が入らない有り様だ。

（袋小路に入り込んでしまったようです。いけませんわ。……ひとまず、気分を変えるため書林に行ってみましょう。面白そうな新作が出ているかもしれませんし……）

行き詰まったときにすることの一つが散歩だ。行きつけの書林は都の裏通りにあり、客はいつもココロワを除いてほとんどいない。その静閑とした雰囲気を好んでいた。だがその日は珍しく、昼から店先に神たちがたかっている。

（あのお方はまさか……）

遠目にも、中心にいるのが誰なのかすぐに分かった。

「押さないでくださいまし、押さないでくださいまし。妾《わらわ》は逃げませんことよ？」

山吹色の大きな髪飾り、蝶《ちょう》をあしらった煌《きら》びやかな十二単《じゅうにひとえ》、よく通る玲瓏《れいろう》な声音の彼女は、さながら草原《くさはら》に咲き誇る一輪の花のようであった。ウケタマヒメ——歌と踊りを司る

都の上級神、そして『四季草子』の作者だ。優れた和歌や舞踊で人気のあった彼女だが、最近は読書家からも支持されているようだ。

（これは……日を改めた方がよさそうですね）

ココロワが静かに踵《きびす》を返そうとしたところで、

「ウケタマヒメ様、どうすればあのような素晴らしい随筆を書けるのですか？」

ウケタマヒメを取り囲む神から質問が飛んだ。

「あらあら、なんということはありませんわ。妾が直《じか》に見聞きした情景を心のままに綴っているだけですの。そう、直に見聞きというのが肝です。想像の産物である物語とは異なり、真に迫る生活感を描けますから。ほら、『片恋物語』という小説があるでしょう？」

（……！）

離れかけていた足の動きが止まる。自著の名を挙げられるとは、思ってもいなかった。

「あの物語ときたらまるで夢をそのまま綴ったかのようで、妾の作品とはまるで異なります。……って、どなたもご存じでない？　ぜひ読んで比べてくださいまし。オホホホ」

「……っ！」

ココロワは逃げるようにその場を離れた。表通りへ出ると、並木に手をつき息を整える。夢をそのまま綴ったかのよう――ウケタマヒメの言葉が頭で反響していた。

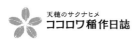

（悔しいけれど……やはり今のままでは駄目なのかもしれません。想像で物語を書いてしまうのは簡単です。しかし、サクナさんのような読み手が期待してくれているのです。朧月香子として、粗雑なものをお出しするわけにはいきませんわ……！）

頭の中に浮かぶのは、『片恋物語』を手にして笑うサクナの顔だ。

ココロワ！　というサクナの声が頭に響く。

（……ついに幻聴まで聞こえてきました）

ココロワ、ココロワ、ココロワ……と呼び声はどんどん大きくなっていく。

（疲れているのでしょうか……家へと戻って休養を……）

「ココロワ！　聞こえておるか？」

顔を上げると、目の前にサクナとタマ爺が立っていた。ぽかんと呆《ほう》けてしまうココロワだが、それが現実だと知り思わず飛び退《の》いてしまう。

「うひゃっ！　サ、サクナさん⁉　それにタマさんも……！」

「なんじゃ。さっきからずっと声をかけておったのに。具合でも悪いのか？」

「ココロワヒメ様、随分お疲れのようにお見受けしますが」とタマ爺。

「い、いいえ、少し考え事をしておりまして……！　それよりも、都へ来ていらしたのですね。教えてくだされば港まで迎えに行きましたのに……」

「ついさっき着いたところでな。これからおぬしの邸宅へ向かおうとしてたんじゃ。たっぷりと漬物を持ってきたからのう。天穂にもよく合うぞ」

「ええ、感謝を申し上げますわ。……あら？　サクナさん、それは？」

サクナの右手には一冊の本がある。

「ああ、これか？　書林まで香子の新作を探しに行ったがまだ出ておらんようでな……。これが積まれておったから買《こ》うてきたんじゃ。『四季草紙』という日記のようでな。冒頭だけ読んでみたが面白いぞ」

どうやらサクナも『四季草紙』に興味を示しているらしい。それを知って、ココロワの中で一つの決意が固まった。ココロワは静かに息を吸い込む。

「あの！　サクナさん！　お願いがございます！」

「わ！　どうしたんじゃ。そんな畏《かしこ》まって」

「その……今春からのヒノエでの稲作、私にも手伝わせていただけないでしょうか」

ココロワの提案に、サクナは顔を明るくする。

「おお、手伝いに来てくれるか！　おぬしも忙しいじゃろうに。無理せんでもいいぞ」

「田植えから行いたいのです。稲刈りまで、一通りを体験したいと思いまして……」

その提案も喜んで受けてくれると思っていたココロワだが――サクナはかぶりを振った。

「いや、それは止《や》めといた方がよいじゃろ」

「え……？」

「稲作の野良仕事は大変じゃ。慣れないおぬしだけでやるのは無理じゃろ。ま、そこはわしらに任せてくれればよい」

「……」

普段のココロワならば、受け流せたかもしれない。だが今は少し違った。執筆の行き詰まり、ウケタマヒメの言葉——追い詰められていた精神にサクナからの言葉が突き刺さる。

そんなこととは露知らず、サクナは語り掛ける。

「さ、それより早《はよ》う家へ行こう。ミルテが作った漬物じゃがな、もう絶品で……ん？　ココロワよ。どうした？」

「サ、サクナさんまで……」

ココロワの身体はわなわなと震えていた。

「ん？」

「サクナさんまで、私にはできないと仰《おっしゃ》るのですか⁉」

突然怒鳴ったココロワに、サクナは困惑した様子で尋ねる。

「コ、ココロワ……？　どうしたんじゃ？　何を怒っておるんじゃ」

「怒っていません」

「怒っとるじゃろ……」

「怒って！　いませんわ！」ココロワはサクナを正面から睨《にら》みつける。「サクナさん、決めました。今年、私はヒノエで稲作を行います。田植え……いえ！　田起こしから稲刈りまで！」

「た、田起こしからか？　無理じゃろ、おぬしも都で仕事が……」

ココロワはぷい、と顔を逸《そ》らす。

「い、稲作くらい私にもできますわ」

「……くらいじゃと？」サクナの眉間に皺《しわ》が寄る。「それは聞き捨てならんぞ。稲作はおぬしが考えているよりも随分と大変なものじゃ。わしもな、初めは相当苦労した。米なんかろくに穫《と》れなかったし、今でさえうまくいかんこともある。軽んじるものではないぞ」

「軽んじてなどいません。ただ、私もこなしてみせますわ」

「ほう、おぬしが……」

往来でサクナとココロワの視線が交錯し、火花を散らす。

「おひいさま！　ココロワヒメ様も、少し落ち着かれては……」

焦って仲裁に入るタマ爺だが、その言葉はもうサクナたちには届いていなかった。

「そうか。それではやってみせるといい！」

「はい。やってみせますわ！」

サクナとココロワは睨み合った後、同時に背を向けた。ココロワは自らの邸宅へ、サクナは港の方へと歩いていく。

「ふんだ！　もうわしは知らんぞ！」

サクナは大股で歩きながら、声を張り上げていた。道を行く神々は、不機嫌そうな彼女と距離を取っている。

「まさかココロワがあんなことを申すとは思わんかったわ！　なあ、タマ爺！」

タマ爺は溜《た》め息を吐《つ》いて、サクナへと言った。

「……おひいさま、ご忠言を申し上げますが、ココロワヒメ様へお詫《わ》びを入れられては」

「わ、わしがか!?　しかしじゃぞ！　ココロワのやつ、稲作を軽んじて……！」

「手伝いを申し出てくださったココロワヒメ様に対し、お主では無理だなどと決めつけるのは、あまりにも不躾《ぶしつけ》かと。ココロワヒメ様がお怒りになられるのも道理でございましょう」

「わ、わしは……別にそんなつもりで言ったわけでは……。ただ、ココロワは機巧兵作りも忙しいじゃろうし、負担をかけぬようにと……」

「言い方というものもございましょう。ココロワヒメ様のお気持ち、今一度お考えになられてはいかがですかな」

「……」

サクナは立ち止まり考え込んでいたが、やがて消沈した足取りで港へ向かい出す。

「よいのですか、折角ココロワヒメ様に会いに来られたのに、このような結末で……」

サクナはミルテが持たせてくれた漬物に目をやる。「ジシン作です！　ウマくできました！」と笑っていたことを思い出す。

ぽつ、とサクナの頬に雨粒が落ちた。雨は次第に勢いを増していき、あっという間に暴雨となった。道行く神々は軒先や樹《き》の下へと避難している。だがサクナは笠を被り、蓑《みの》を身に着け、ココロワの邸宅へと歩き始めた。

「……言い過ぎたかもしれぬ。タマ爺よ、わしはココロワに謝りに行ってくるぞ」

「おひいさま、よくご決断なされました……」

ココロワの邸宅、道に面した大きな門扉は固く閉ざされていた。その前にやって来たサクナは雨の中、大きな声で叫ぶ。

「ココロワよ、わしじゃ！　サクナじゃ！　出てきてくれ！　先ほどのことについて今一度話がしたいんじゃ！　ココロワー！」

しばらく待つも、何も反応はない。

サクナが肩を落とすのと同時だった。門が軋《きし》む音がして、内側からゆっくりと開く。しかし、現れたのはココロワではなく一体の機巧兵であった。

「なんじゃ、機巧兵か……。のう、ココロワに会わせてくれんか？」

「……」

「おい、聞いておるか？」

「……」

「のう！」

「……」

「……これ、漬物じゃ。ココロワに渡してくれ」

機巧兵は漬物を受け取ると、取り付く島もなくすぐに門を閉ざしてしまった。

「……駄目じゃったか」

「いえ、おひいさまのお気持ちは十分に伝わったかと思いますぞ。ココロワヒメ様も時が経てば落ち着かれるはず。さすがに田起こしから始めるという無謀な真似《まね》はなさらぬでしょう」

「どうかのう」サクナは腕を組み、考え込む。「あやつは昔から、一度決めたことにはとことんこだわる固い一面があったからのう。もしや此度《こたび》の稲作も本気で……」

「まさか！　さすがのココロワヒメ様といえど、そこまでなされるとはとても……」

ココロワは軒先に避難して、雨が降り続く鉛色の空を眺めていた。

（……子供じみていたでしょうか。あそこまで言うつもりはありませんでしたのに）

サクナと別れた後、自邸への道を歩んでいるうちにココロワは早速後悔し始めていた。心が荒《すさ》んでしまっていたためか、サクナに当たり散らすような態度になってしまった。

（ヒノエからはるばる来てくださったのに、私は……）

ココロワは雨の中へと飛び出した。今ならまだ出航に間に合うかもしれないと、急いで港へ行く。サクナを捜し回ったが、見つけることはできなかった。

（サクナさん……）

雨水で重くなった着物を引きずりながら帰邸すると、一体の機巧兵がぎこちない動きでやって来た。どうも雨に打たれてしまったらしい。機巧兵は防水が行き届いておらず、あまり雨の中では使用できない。機巧兵は包みを差し出す。サクナが届けてくれたようだ。

（行き違いになってしまったのでしょうか……。雨の中、届けていただいて……）

今すぐサクナに謝りたい――ココロワは頭をぶんぶんと横に振った。頭からその考えを無理やりにでも追い出す。

（いえ、それでは……今のままでは駄目なのです！　このままでは私はいつまでも、サクナさんの横に並ぶことなどできません。稲作を独力でこなして、サクナさんにも認めてもらうのです。そうでなければ私は、私は……！）

3

一度決意したココロワの動きは早かった。溜まっていた発明神としての仕事を目まぐるしくこなし、全て片付ける。その後は必要と思われる農書や農具を都中からたっぷりと船内へと詰め込む。船に揺られること数日――ココロワはヒノエに着いていた。

日に日に気候は暖かくなり、雪は解け、草木は芽を出し、山桜のつぼみも膨らんでいる。

御供《おとも》として三体の機巧兵を引き連れたココロワは、峠の家へとやって来た。

丁度、表の神田《しんでん》で田起こしをしていたサクナは、ココロワを見て目を丸くする。

「コ、ココロワ⁉　おぬし急にどうしたんじゃ」

「サクナさん、ご連絡もなしにやって来て驚かせてしまったようですみません……。ただ私は、約束を果たしに来たのです」

「ま、まさか……稲作の件か⁉」

「はい。農具も全て船に積んできましたわ」

サクナは困ったように頭を掻きながらココロワへと近づく。

「な、なあ、ココロワよ。少し考え直さんか？　稲作を田起こしから、それもおぬしだけで行うなんて少し無謀じゃぞ」

「いえ、サクナさん」ココロワは静かに首を横に振る。「私だけでこなしてみせます。備えは十全ですわ。必ず稲作を成功に導いてみせます！」

強い意志を込めて、ココロワは決然と言った。

「コ、ココロワ……」

「つきましては、使っていない水田をお貸しいただきたく思うのですが」

にっこりと微笑《ほほえ》むココロワ。

サクナは傍らのタマ爺にこっそりと耳打ちする。

「な、だから言ったじゃろう？」

「まさか誠に来られるとは……驚きですじゃ」

ココロワは振り返り、眼下に広がる青々とした春のヒノエ島を眺めた。

（さあ、絶対にこの島で稲作を成功させてみせますわ……！）

――かくして、ヒノエ島でのココロワの一年が始まったのである。

春

1

サクナと田右衛門《たうえもん》、ココロワは連れ立って麓へとやって来た。麓には田右衛門や河童《かっぱ》が管理している田圃《たんぼ》が広がっている。

ココロワは息を大きく吸い込んだ。澄んだ空気には、土塊《つちくれ》の香り、草の青臭さが混じっている。都の暮らしでは嗅がない香りだ。

(この地で私《わたくし》は稲作を行うのですわね……)

緊張か、あるいは高揚のためか、ココロワの心臓は早鐘を打っていた。

「田右衛門さん、お忙しいなか案内までしていただいてありがとうございます」

「いえいえ、田植えが始まる前ですし、時は十分にありまする。それにココロワ様が来てくださるとは力強い限りです！　……しかしまた、何故《なにゆえ》急に稲作をされたいと？」

ココロワは少し迷ったが、正直に告げることにした。

「それは、その……お示ししたいのです。私も稲作ができることを、とあるお方に」

前を行くサクナの背がびくっと揺れた。

それにまるで気づかない田右衛門は首を傾《かし》げる。

「はて。示したい……でござりまするか？　都で何事かあったのでしょうか」

「は、はい。その、詳しくは申せませんが……そうなのです」

「なるほど……複雑な事情がおありのようですな。我らも精一杯協力いたしまする。困ったことがあれば、なんなりとお申しつけくださいさい！　それにサクナ様もいらっしゃいます！」

「う、うむ。そうじゃのう……」サクナは歯切れの悪い返事をした。

「おや、サクナ様。どうされましたか？　調子が悪いようお見受けいたしますが……」

「え、ええい。絶好調じゃわい！」

サクナはずんずんと前を行く。

麓では河童たちが田起こしを始めていた。峠から引っ張ってきた牛に犂《すき》を引かせており、他の河童たちは鍬《くわ》や鋤《すき》を抱えている。

「驚きましたわ。あんなにも重そうな道具を軽々と……」

「河童は小兵ながら人の大人張りの膂力《りょりょく》を持っておりまする。いつぞや取り組んだ相撲では某《それがし》を負かすほどですから。おっと、田起こしならば某にお任せください！　後れは取りませぬぞ！」

「ありがとうございます。でも、ご心配には及びませんわ。力強い味方がいますので」

ココロワの後ろには、都から連れてきた三体の機巧兵《からくりへい》がいた。この機巧兵には、稲作で役立つようにと都で改造を施しているのである。

「……ここらで一つ空いている田でもあるかのう」

ぼそりと呟《つぶや》くサクナに、ココロワは言う。

「ですが、ここはサクナさんたちの手が入っているのではありませんか？　私としてはもう少し手入れされていない処《ところ》があるとよいのですが……」

「ふむ。となれば、放棄田でしょうか。ここらで見かけた覚えはありませぬが……」

「――それならば」

ざっ、という、土を踏みしめる音が鳴る。横へと顔を向けると、ヒノエの原住民であるアシグモが立っていた。この時期は河童たちの野良仕事を監督しているらしい。

「おお、アシグモではないか。何か知っておるのか？」

「東に行けば放棄田があったはずだ。かなり荒れ果てているが」

「ふむ、東か。我らが拓《ひら》いた覚えはありませぬが……」

アシグモの言葉通り東へと進む。そちらはまるで整備されておらず、道には草が生い茂っていた。ココロワは着物を羽織ったままなので非常に動き辛《づら》さを覚える。

「おや！　サクナ様、ココロワ様。こちらにお越しください！」

先導する田右衛門が声を上げた。そこは背後に雑木林が広がる、山の麓だった。峠の神田と同じほどの広さの田圃があったが、蘆《あし》や蒲《がま》の枯れ残りで埋め尽くされている。一見して田圃とは分からないほどの雑草の生えようであった。

「ここか。長らく使われていなかったようじゃの」

「おお、近くに小川も流れています。すぐに水が引けまするぞ」

田圃の横を透き通った小川が流れている。ココロワが覗《のぞ》き込むと、水の流れに逆らって何匹もの小魚が泳いでいた。しゃがみ、指を入れる。春先の小川はまだひんやりと冷たい。

サクナはじっと田圃を眺め、検分している。

「うむ、万全とは言わんが地力《ちりょく》も高そうじゃ。水田としては申し分ないようじゃのう。……しかし雑草が不安じゃな。根を張るから手入れが一筋縄ではいかなそうじゃのう」

田圃内、畦《あぜ》にも枯れ草が多く残っている。サクナたちの言うように整備はかなり時間を要するだろう。だが――。

「サクナさん、私にここを使わせていただけませんか？」

「……ココロワ、話を聞いておったか？」サクナが目を丸くする。

「だからこそよいのです。……手入れのし甲斐《がい》がありますわ」

「無謀ではないか？　これだけの枯れ草、どうやって処理する気じゃ」

「いえ、ご心配には及びませんわ」

ココロワの後ろを付いてきた一体の機巧兵が田圃の中に下り立った。腕部ががぱっと開く。中から出てきたのは小ぶりな草刈り鎌だ。機巧兵は土に膝をつくと、緩慢な動きで、確実に枯れ草を刈り取っていく。

「まだ試作ですが……稲作用にと手を加えたのです。鎌を他の農具に付け替えることで色々な作業ができます。田起こしだけではなく代掻《しろか》きなども」

「おぬし、また便利なものを作ったのう！」

「はい、我が家にも一体欲しいくらいですなあ」

「クフッ……」

思わず緩みかけた口元をココロワは押さえた。

（い、いけませんわ……）

少し褒められただけでこの調子とは気が早い。笑うのは稲作ができることをサクナに証明した後だ。ココロワは一つ咳払《せきばら》いをする。

「……と、とにかくです。都で仕入れた農書もありますし、機巧兵もいます。お気遣いは不要ですわ。私だけで稲作をこなしてみせます」

「……どうやら、本気のようじゃのう」

「私は初めから本気ですわ」

サクナはまだ何か言いたそうだが、横から田右衛門が口を出す。

「まあまあサクナ様、よいではありませぬか。某らも様子を見に来られます故《ゆえ》」

サクナは諦めたかのように息を吐く。

「分かった。よし、これよりこの田圃をココロワ、おぬしに任せるぞ」

「ありがとうございます！　立派な稲を育ててみせますわ」

「……それでも何か困っておれば相談に乗るぞ。特に育苗は相当重要じゃからな。苗半作《なえはんさく》という言の葉さえあるからのう」

「思い出しまする。サクナ様が初めてお作りになられた苗も随分と徒長しておりました」

「おぬしも苗を撫《な》ですぎて潰す酷《ひど》い有り様であったろう！」

「はっはっは、あれには参りましたなあ！」

サクナたちの会話がよく分からず、ココロワは密《ひそ》かに疑問に思う。

（撫ですぎて……？　どういうことでしょうか？）

田圃の端までやって来た機巧兵はくるりと折り返し、草を刈っていく。この早さなら今日中に終わるだろう。絶対に自分だけで稲作を完遂し、そして――。

（サクナさんにお示しするのです。私もできるのだということを）

その後もココロワは黙々と作業を続けた。陽《ひ》が沈み辺りが暗くなってきた頃には田圃周りの刈り取りは終わっていた。機巧兵は試用だったがうまくいった。初日にしては順調な滑り出しと言える。


その日の夜、ココロワはサクナたちと共に囲炉裏《いろり》を囲んだ。献立はわらびと油揚げの炊き込みご飯、土筆《つくし》のお浸し、七草汁、雉肉《きじにく》の煮凝《にこごり》。天穂《あまほ》の大吟醸酒まで供されていた。

「なんだ、えらく豪勢でねか」

目の前の夕餉《ゆうげ》を見て、きんたは目を丸くする。

「ココロワをカンゲイするため、Ｚｏキアイ、入れました！」

「ミルテさん、感謝を申し上げますわ」ココロワは丁寧に頭を下げた。「本日からお世話になります。皆さん、宜《よろ》しくお願いいたします」

「こちらこそ、どうぞよろしくお願い申し上げまする」田右衛門も深々と頭を下げた。

「……うむ。それでは皆の者、手を合わせよ。いただきまーす！」

サクナに次いで、皆の声が響く。燃える囲炉裏を囲み、皆は馳走《ちそう》にありついた。ココロワは炊き込みご飯をいただく。採れたてのわらびは程よい噛《か》み応えだ。醤油《しょうゆ》の香りと炊き加減も絶妙で、どんどん食べてしまう。

サクナは静かに七草汁を啜《すす》っている。そんな彼女を見て、ゆいは首を傾げた。

「何《なぬ》しゃ神様。お友達が来てるのに全く喋《しゃべ》んないねえ」

「腹痛か？　食わねんだったらおいらが貰《もら》うぞ」

「う、うるさい！　譲らんぞ、全部食うわい！」

（……サクナさん）

ヒノエに来てから、サクナとココロワの間にはどこかぎこちない雰囲気が漂っていた。本音で会話できていない気がしてどうも歯がゆい。

夕餉の後、峠の納屋《なや》でココロワは機巧兵を調整していた。都とは違う環境での運用となるため、入念にしておきたい。

がらっと戸が開く音。顔を向けると、サクナが戸口に立っている。

「……ココロワよ。少しよいか？」

少し緊張した様子で、サクナは問いかける。

「サ、サクナさん……。え、ええ。どうぞ」

ココロワもまた緊張して答えた。

ヒノエに来てから面と向かって会話をするのは初めてだ。サクナはココロワの前で胡坐《あぐら》を組んだ。だが、彼女は何も喋り出さない。隙間風の音が納屋に響き、無言の間が続く。

ややして、サクナが口を開いた。

「ど……どうじゃ。野良仕事は順調か？」

「は、はい。明日は田起こしをしようかと思います」

「うむ、そうか……」

「……」

「……」

再び無言の間が続く。

ココロワにとってサクナは、本当に気兼ねなく話すことができる相手だった。それが今はこんな状況になってしまったことに、一抹の寂しさを覚える。

「そ……それで今は機巧兵の調整をしておるのか？」

「ええ、野良仕事で少し負荷がかかってしまったようなのです」

「何かあればわしも手伝うぞ。田右衛門も、河童どももじゃ。遠慮なく呼んでくれ」

「……問題ありませんわ。稲作をやるのは初めてですが、サクナさんが行う様子は見てきました。私だけでこなしてみせます」

「い、いや。しかしじゃな……」

不安そうにしているサクナを見ていると、都で言われた言葉が頭に響く。

——慣れないおぬしだけでやるのは無理じゃろ。

「……サクナさんからは、私はそんなに頼りなく見えるのでしょうか？」

このヒノエで少しはサクナたちの助けになれていると思っていた。しかし、それは過大評価だったのだろうか。自分は誰かの力を借りねば何もできないと思われているのか。

「そ、そんなことはないぞ！」サクナは突然立ち上がって大声で叫んだ。「思っておるわけがないじゃろ！　ココロワ、わしはおぬしのことを——」

「……そ、それでしたら！」ココロワも負けじと大声で返す。「私に任せていただけませんか？　私も稲作をやれるのです！　それをお示ししたいのです！　かつてサクナさんがこの地で、自らの力のみでヒノエを立て直したように！」

「わしの力のみじゃと？　ココロワ、それは——」

サクナは何か叫ぼうとしたが、そのとき戸口にゆいがひょっこりと姿を現した。

「神様たちおるんすかや？　点心《てんしん》でもあがんべ」

それを機にサクナたちは黙り込んでしまう。ココロワは先に立ち上がった。

「ゆいさん、ありがとうございます。いただきますわ」

「う、うむ。わしも行くぞ……」

サクナも立ち上がると、力ない足取りで納屋を出ていった。

（……サクナさん）

あまりにもぎこちない会話だった。だがきっと、自分がこの地で稲作を成功させればそのわだかまりは解ける。きっとまたサクナと共に笑いあえる日が来るだろう。

（だから私は、力を尽くすしかないのですわ……）

2

その翌日も朝から快晴だった。ココロワは機巧兵を引き連れて、田圃へと来ていた。

（本日は田起こしですね。昨日《さくじつ》、機巧兵の調整もしましたし、うまくいくはずです）

峠から持ってきた肥、近くから集めた刈敷《かしき》を土の上へ敷き詰める。機巧兵の脚部が開き、小さな犂が姿を現した。機巧兵は田圃へ下り立つと前へ進み始める。犂が深々と土に突き刺さり、機巧兵が歩を進めるのに合わせて土を起こしていく。土が硬いからか機巧兵の動きは緩慢だ。

（これは……少し手間を要するかもしれません）

ココロワは機巧兵を調整しながら丁寧に田起こしを続けた。田起こしの精度は米の収量に大きな影響を与えると農書にあったためだ。しかし、機巧兵三体全てを使っても、その日だけでは田起こしは終わらなかった。おまけに、掘り返す土の深さがどうも浅い。

(明日はもう少し深く掘り起こせるよう調整しませんと)

その翌日、整備した機巧兵を用いて田起こしは無事に終わった。自らは泥に塗《まみ》れることもない。その出来にココロワは満足する。

(田起こしは順調に終わりました。いよいよ稲ですわね)

ココロワは良質な種籾《たねもみ》を選別するため、塩水選《えんすいせん》に取りかかろうとした。塩水で選別した重い種籾を、その後水に浸《つ》けて発芽させるのだ。

水に塩を規定量入れてかき混ぜると、水底に沈んでいた木魄《こはく》がぷかぷかと浮かんできた。種籾は余裕を持って多めに入れ、木棒でゆっくりかき混ぜる。底には実の詰まったよい種籾が沈んでおり、浮かんできたものは取り除いた。

選別を終え小川で種籾を洗った後、ココロワは新しく盥《たらい》に水を汲《く》んだ。気候は暖かく水は温《ぬる》んでいる。種籾は毎日様子を見て、水を取り替える。種籾はそのまま田圃へは播《ま》けない。他の雑草に生育が負けてしまうし、鳥に食べられてしまう。苗代や箱で苗が大きくなるまで育ててから植えるのが常法である。

（発芽には水温が重要と農書に書かれていました。この気候と水温ならよいはずです）

満足げに作業を終えて納屋を出ると、表にサクナと田右衛門の二人が出ていた。二人の前には風呂用の大きな釜があり、田右衛門が火を焚《た》いている。そしてサクナが手にしているのは藁《わら》を編んで作った叺《かます》であった。

（叺の中には確か天穂が入っているはず。一体、何をしようとしているのでしょう？）

気になって、陰からじっと見てしまう。

「うむ、頃合いじゃのう」

「よし、それではどしどし入れていきましょう！」

田右衛門の言葉を合図にして、サクナは叺をどぼんと風呂に浸けた。

（え……？　サ、サクナさんたち、何を⁉）

湯気の立ち具合からして、風呂よりもずっと熱い温度だろう。そこへ種籾を入れるとはいったい何を考えているのか。全て発芽しなくなってしまうのではないか。

「ご覧ください！　種籾も随分と気持ちよさそうですぞ」

「ええい、おぬしは火を焚くことに集中せんか！」

納屋の中へと戻るも、ココロワの頭はサクナたちの謎の行動でいっぱいである。

（種籾を水ではなく熱いお湯に……？　何をしようとしているのでしょうか）

ココロワはぶんぶんとかぶりを振った。

（い、いえ。気にはなりますが……稲作の方法は家により異なるといいます。私は、私の方法で塩水選と浸種《しんしゅ》をやるだけです！）

浸種している間にも、畦の泥を鋤で塗り固める畦塗《あぜぬ》りなどの作業は続いた。

ある朝、種籾を見ると小さな白い胚芽《はいが》が突き出ていた。鳩胸《はとむね》状態と呼ばれるものだ。土を敷き詰めた育苗箱の上に、催芽した種籾を播種《はしゅ》していく。

（順調です……サクナさんたちに負けず劣らず、うまく播けた気がしますわ）

サクナたちの苗と同じく、納屋に置かせてもらうことにした。

三日後に見ると、小さな白い芽が出てきた。白い芽は急に光には晒《さら》さない。納屋の中で暗闇に置き、毎日様子を確認した。二日後には芽は緑色になっていた。それ以降、昼間はたっぷりと日光を当てて育てていく。

（なんとかわいらしいのでしょう……）

芽を見てココロワは微笑《ほほえ》んでいた。まだ植えていないにもかかわらず、愛着が湧いてくる。毎朝、苗を確認しては大きくなっていることが非常に喜ばしい。

その日の朝、ココロワは早くに目が覚めた。隣を見るとミルテとゆいは静かに寝息を立て、サクナは腹を出してぐうぐうと眠っている。

「……」

ココロワは皆を起こさないように、忍び足で表へと出た。東の空は白みかけており、紫がかった細い雲がたなびいている。春風が涼しい。晴れ晴れしい気分だった。

朝餉《あさげ》を食べた後は、機巧兵と共に峠を下っていく。足取りはいつになく軽かった。

(このままなら、サクナさんも私を認めてくれます。稲作に関しても大体分かってきましたわ。次の作品にも存分に活《い》かせそうです。ああ、稲作とはなんと楽しいのでしょうか!)

万事がうまく運んでいる。このまま行けば、初めてにもかかわらず大豊作ということもありえる。ココロワの想像の中で、サクナが驚いた顔をする。

(ひええココロワ! 見直したぞ! おぬしは本当に大した奴《やつ》じゃのう!)

「オホホホ……」

漏れ出る笑みをココロワは止めることができなかった。

「ココロワ様、調子いいねえ」

峠を下っていくココロワを見て、ゆいが呟いた。

「てえしたもんじゃねえか。あれこそ神様だ」

きんたの言葉に、サクナは力なく頷《うなず》く。

「……うむ、そうじゃな」

「なんだべ。不満そうでねか」

「いや、そういうわけではないのじゃが……」

「サクナ様、少しよろしいですかな。お耳に入れたいことが……」

田右衛門がサクナに近寄った。その表情はいつになく真剣だ。

「某、勝手ながらココロワ様の苗を拝見したのですが、実は……」

田右衛門の話を聞くと、サクナは渋面を作って頷く。

「やはりそうであったか……。ゆいよ、ちとよいか？　おぬしに頼みがあるんじゃが」

「おらに？」

「うむ、実は……」

サクナの話を聞くと、ゆいはこくりと頷いた。

「神様にはいっぱい世話んなったし、おらにできることならなんでもやるよ」

サクナは山に目をやった。春の山は笑うかのように草木が芽を出している。しかしその向こうには、薄暗い雨雲が広がっているのが見えた。

「……降り出しそうじゃのう」

サクナの胸中にも暗雲がよぎる。これがただの春愁《しゅんしゅう》であるならばよいが——と思わずにはいられなかった。

3

苗は日に日に大きくなっている。すくすく育つそれを見るのがココロワの毎日の楽しみだった。だがその日、苗の様子を確認した彼女は少し不安な気持ちになる。

「少し伸びすぎているような……？」

苗は第三葉が出始めてきたくらいだが、どうも全体的に徒長気味な感じがする。サクナたちの苗と比べても明らかに細長い。育苗は、草丈が低くがっちりとした苗にすることが重要と聞く。徒長すると、田植えをしても風や水の影響で倒れやすくなってしまう。

（……朝だけでなく夕刻にも水やりをしていたからでしょうか。もう少し水やりを工夫してみた方がよいかもしれませんね）

機巧兵と共に麓へと下りたココロワは、田圃へと浅く水を入れる。水が張られると一気に田圃らしい雰囲気が出てきたが、実際は大きな土塊《つちくれ》が多く、田植えはできない。土をさらに細かく砕いていく仕事が、代掻きだ。

水を張った田圃に、脚部に代掻き用の農具を付け替えた機巧兵を下ろす。機巧兵の足に付けた鉄製の爪が回転し、土塊を砕いていく。田起こしと同じく、経過は順調である。そう思いながら機巧兵を見守っていたココロワだが――。

(あの機巧兵、どうしたのでしょうか?)

一体の機巧兵の様子が明らかにおかしい。時々立ち止まり、動きがぎこちない。しかも異常な駆動音を立てている。唐突に機巧兵が停止して、ゆっくりと前へ倒れ込んだ。

「あ!」

泥水を撥《は》ね飛ばし、機巧兵が水に沈む。

ココロワは衣の裾をたくし上げながら、田圃の中へと入った。足が泥に沈んでいき非常に動きづらい。辿《たど》り着くのも一苦労だ。機巧兵は重く、ココロワだけではとても畦まで引き上げられない。もう二体を使って引き上げようとするも、その機巧兵も明らかに動きが鈍っているようだ。引き上げると同時に、他の二体も動きを止めてしまった。

(そ、そんな……どうして三体も一度に……?)

確認してみると、どの機巧兵も動力部が完全にやられてしまっていた。どうやら泥の中での野良仕事で、想定以上に負荷がかかってしまったらしい。撥ねた泥水が内部に入ったことも影響したのだろう。

これは大規模な修理が必要そうだ。都へ戻らなければならないが、それには数日かかる。

戻って代掻きではとても田植えに間に合わない。さらにその間、苗の管理はどうするのか。

（サクナさんや田右衛門さんにお願いする？　いえ、それでは私が行う意味が――）

悩んでいるうちに、はたと思い出す。

（そもそもサクナさんは機巧兵を使ってもいません。でしたら――）

ココロワは一度峠の納屋へと戻った。立てかけてある鍬と鋤を手に持った。

「農具は色々と揃《そろ》っています。機巧兵が駄目ならば自らやればいいのですわ！」

ココロワは衣の裾をたくし上げる。鋤を田圃に入れると、泥が撥ねた。

「ひゃっ！　つ、冷たい……」

飛び散る泥を我慢して鋤を振るう。段々と土が均《なら》されていく。

（私、自分でもやれています。これならば今日中に終わらせることができるはず……）

機巧兵が壊れたときはどうしようかと思ったが、希望が芽生え始めた。

その数時間後である。

「……」

張られた水が夕陽の光を反射していた。遠くからは百千鳥《ももちどり》の物寂しい鳴き声が聞こえてくる。ココロワは眼前の田圃を見つめて放心する。

日が暮れたにもかかわらず、代掻きは全然終わっていなかった。

（こんなにも進まないなんて……）

順調だったのは最初だけで、鋤を振るうにつれ、手のひらはすりきれ、足はむくむ。さらには放棄田で地中深くに雑草が繁茂し、畦塗りが不十分だったため、代掻きの最中も田圃から水がどんどん抜け落ちていく。鋤を持ち、自ら田起こしをやり直す羽目になってしまった。最後の方は振るうことさえ、ろくにできなかった。

苗の生育はココロワを待ってはくれない。この間にもどんどんと生長していく。このままでは、代掻きが終わる前に田植えの時期がきてしまう。

「い、いいえ、問題ありませんわ。明日には荒代掻きを終わらせます。明後日《あさって》は、朝早く起きて一日で植え代掻きを行えば……。朝早くからやれば、遅れを取り戻せます」

しかしその翌日、ココロワは目覚めてすぐに自身の変調に気が付いた。

（……か、身体が、重いです）

ふくらはぎや腕がだるい。動かそうとすると鈍い痛みが走る。酷い筋肉痛だった。起き上がるのすら苦労するほどだ。

だるい身体を引きずって、毎朝の日課で苗を見に行く。納屋に入ろうとすると田右衛門が出てくるところだった。

「きゃ！」

「お、おっと、ココロワ様。驚かせてしまい申し訳ございませぬ」

「あ、いえ……はい。す、すみません。少し驚いてしまって」

「顔色が優れませんな。大分お疲れのようですし、少し休養を取られては――」

「も、問題ございませんわ。これくらい……！　苗の様子を見ませんと――」

「あ、今は――」

田右衛門が焦るかのように、ココロワへと手を伸ばす。

「え？　ど、どうしたのですか？」

「い、いえ！　では某はこれにて！　ココロワ様、十分に休養をお取りください！」

田右衛門は逃げるかのように大股で家へと戻っていく。

（どうしたのでしょうか？　あんな焦り方、初めて見ました）

納屋に入ったココロワは、自分の苗を見つめて困惑する。

「……え？　ど、どうして……？」

箱で育てている稲の苗が少し倒れている。まるで上から押し潰されたかのようだ。根元から折れているわけではないが傷ついていそうな気配がする。

納屋から出てきた田右衛門の焦りよう――。

（これはつまり、田右衛門さんが私の苗を押し潰した？　どうしてそのようなことを……）

ココロワの頭は疑問符で埋め尽くされる。いくら考えても、田右衛門が何故そのようなことをしたのか全く理解できなかった。

（ただのいたずら。あるいは――嫌がらせ？）

瞬間、ココロワの脳裏をある光景がよぎる。

まだココロワが幼く、下級神だった頃。目抜き通りを走り回る上級神の子供たち。その手に握られているのは、ココロワが密かに書いていた小説だ。運動をしないココロワは、走っても全く追いつけない。子供らは紙をくしゃくしゃに丸めて遠くへ放り投げた。

ココロワはぶんぶんとかぶりを振る。

（……！　ま、まさか！　私はなんとよからぬことを考えているのでしょう！）

田右衛門のことは長く見てきたつもりだ。悪質ないたずらをする性格でないことは熟知している。しかし、だとすれば彼の行為に一体どんな意味があるのか――。

（そう言えばサクナさんと話していましたわ。以前、田右衛門さんが苗を撫ですぎて潰したと。私の苗を可愛《かわい》がろうとして潰してしまった？　だとすれば一言くらい……）

考えると頭の奥底が痛みそうだった。何も分からない。

（……いえ、それよりも今は代掻きの続きをしませんと）

手のひらにはまめができており、鍬を握ると痛みが走った。能率は昨日よりもさらに落ちた。その日も代掻きは終わらなかった。

次の日は雨で、蓑《みの》を着けたまま野良仕事を続け、なんとか代掻きを終わらせる。身体の倦怠感《けんたいかん》は日に日に増していく。眠っても疲れは一向に取れない。

ココロワはその翌日も、疲れの残った身体を引きずって苗を見に行った。

（苗も大きくなってきました。そろそろ田植えを……）

納屋に並べてある苗を見てココロワは「え？」と一瞬呆然《ぼうぜん》としてしまう。育てていた苗が、枯れかけていた。苗は鳶色《とびいろ》になり、禿《は》げ上がっているかのようだ。

（そんな……どうして急に？）

慌てて農書を調べると、どうやら苗立枯病《なえたちがれびょう》と呼ばれるものらしい。苗の根元から発病するため、病気が進行するまで気づかないことが多いという。

（毎日しっかりと見ていればすぐに気づけたはず……）

最近は疲れがたたり、苗をつぶさに確認していなかった。育苗箱の苗は半分以上も病気に罹《かか》っている。無事に見える苗も、植えてから発病するかもしれない。

少し離れた場所に置いてあるサクナの苗に目をやった。草丈も低くがっちりとしており、ココロワの苗とはまるで別物だ。

(サクナさんたちに頼るわけにはいきません。……私のものを使うしかありませんわ)

納屋の外へ出ると、目の前には神田が広がっている。畦はしっかりと塗り固められており、土は平らに均されている。

(……なんと綺麗《きれい》なのでしょう)

田起こし、畦塗り、代掻き。どれもサクナたちは簡単にこなしているように見えた。しかし実際はなんと難しいことか。自分の仕事が急に恥ずかしくなってきた。

(それでも私はやるしかないのです。

ココロワは柄振《えぶり》という農具を使い、田の土面を均していく。一回目の荒代掻きよりは楽な作業だが、それでも疲れた身には応える。日が暮れる頃にはなんとか終えられた。

翌日は、朝から鋭い日差しが照り付けていた。いよいよ田植えである。

ココロワは病気に罹っていなそうな苗を選んで、腰に付けた苗籠へと詰め込んだ。田圃へ入ると、足が泥に深く沈みこんでいく。

(一度に植える苗は三本から五本ほどでよいはずです)

ココロワは腰を曲げ、苗を泥の中へと植えた。一寸ほど苗を沈める。

（株間が狭いと過密のため育ちにくいと聞きます。間を取って植えていく……でしたね）

ココロワはゆっくりと後退しながら苗を植えていく。

（よい感じです、できていますわ。……あれ？）

ココロワは前を見て、一番初めに植えた苗が倒れていることに気が付いた。戻ってもう一度植え直す。しかし再び、苗はゆっくりと傾いでいく。

（ど、どうして……）

植え方が悪いのかと思い何度も試行錯誤するが駄目だった。原因は泥のしまり具合にあるようだ。代掻き直後だから田圃の泥がかなり軟らかいのだ。苗を深く植え付けることでなんとか立たせることはできた。

「……」

日差しがじりじりと身体に照り付ける。水面に太陽光が反射して目が痛い。腰をずっと曲げたまま動き回っているのが大変になってきた。ココロワはやっと一列を植え終える。今日中には終わりそうもない。

「ひゃっ！」

泥に足を取られた。ココロワは背後から田圃に倒れた。大きな音を立て、泥が身体中に飛び散った。肌着を通じて、まだ冷たい水がじんわりと身体に伝ってくる。

「……」

ココロワは無言のまま立ち上がった。再び苗を取り、植え始める。衣が水を吸ってしまい身体が重い。風が吹くたびに、身が縮みあがるように寒い。

苗を取り、植える。苗を取り、植える。苗を取り、植える。

その繰り返し。

足が重い。

思考が鈍る。

太陽が頭上を過ぎ去っていく。

それでも田植えには終わりが見えない。

(稲作くらい私にもできる？　何を言っているのでしょうか、私は……)

勘違いをしていた。サクナたちの近くで、農具の作製を手伝って、知識を蓄えて、毎年のように稲作をしている彼女らを見て、いつの間にか――。

(私にもできると過信してしまっていたのですね……)

ココロワは自らの唇を噛みしめる。

(いえ、分かっていたのです。稲作が容易《たやす》いはずはないと。素人の私が知識だけでできるものではないということは……。それでも、私はサクナさんに――)

水面にぎらつく太陽の光が眩《まぶ》しく、目を開けていられない。ココロワは再び転んで、泥へ沈みこむ。水は温く、まるで湯浴《ゆあ》みでもしているかのような気分だ。

（……ああ、もう）

色々と疲れていた。

ココロワはいつの間にか瞼《まぶた》を閉じていた。

瞼を閉じる直前で、赤い着物が視界をかすめた気がした。

微睡《まどろ》むように眠りの底へ沈んでいく。

4

「……？」

身体が温かい。瞼を開けると優しい光が広がっていた。太陽ではなく燭台《しょくだい》の火だ。辺りを見回すと、そこは峠の寝屋だった。衣も新しい物へと替えられている。

「これは……」

戸ががらりと開き、サクナが姿を現す。

「おお、目が覚めたか！」

「サ、サクナさん！　これは……私は田植えをしていたはず……」

「倒れているのをわ……か、河童どもが見つけての。ここまで運んできてくれたんじゃ」

「倒れて……そうですか、私は……」

「ミルテによれば、少し疲れがたたっただけのようじゃな。大事なかったようで安心したぞ。滋養のあるものを食うとよいぞ。ほれ、卵粥《たまごがゆ》じゃ」

サクナは椀《わん》の載ったお盆を差し出した。

「は、はい。ありがとうございます……いたた」

起き上がろうとすると、身体の節々が痛んだ。

椀を受け取り、息で適度に冷ましてから口に含む。塩が程よく利いている。粥の温かさが身体に染みわたっていく。疲れた体が急速に解きほぐされていくような感覚。

「どうじゃ、旨《うま》いか？」

「……はい。美味《おい》しいです。とても、とても……」

ここ最近、ずっと張りつめていた緊張が一気に解けてしまう。

「……サクナさんにお聞きしたいことがあります」

「ん、なんじゃ？」

「……私の作った苗は病《やまい》が出ていました。でもサクナさんたちが作った苗は壮健で、草丈も低くて……どこで差が出たのでしょう」

「ああ、あれはな、種籾を水に浸ける前に、風呂より熱い湯に入れたんじゃ」

「風呂より熱いお湯に……？　あ、あのときの……！」

ココロワはサクナと田右衛門が家の前で行っていた作業を思い出す。

「うむ。風呂釜で湯を沸かして、ほんの短い時をな。そうするとな、苗に病が出にくいようなんじゃ。あのぼけ侍め、前に寝ぼけおって種籾を入れていたはずの風呂を沸かしてしまってのう。すぐに気づいて種籾を引き上げたんじゃが、不思議とその種籾から育てた苗だけ他と比べて病が出にくくての。此度もやってみたんじゃ」

「そうだったのですか。……それではまさかあれも？」

ココロワは田右衛門が苗を押し潰していたことを伝えた。

「実は……それはわしがあやつに頼んだんじゃ。不思議なものでのう。苗は手塩にかけて育てればよい成長をするかというとそうではない。苗いじめといってな、ある程度育った苗を上から撫でてぐっと潰すんじゃ。そうすることで苗の茎が太くなり、がっしりとしたものを作ることができるんじゃ」

「それでは……あれはサクナさんたちのご厚意だったのですね」

ココロワは深く嘆息した。ココロワが独力で稲作をこなすことに拘泥していたため、言い出せなかったのだろう。結局のところ、自分では丈夫な苗も作ることができなかったし、病で駄目にしてしまった。田植えまで辿り着くことすらできなかったのだ。

「……駄目ですわね、私は」

ココロワは自らを嘲って笑う。目頭が熱くなり、涙が零《こぼ》れそうになる。

「あのように壮語しておいて、結局はこの有り様だなんて。私は……私は自分が恥ずかしいですわ。サクナさんみたいに自らの力だけで立派な稲作をして……私だって稲作をこなせるとお示ししたかったのです。ですが、私はやはりサクナさんとは違ったようですね」

「……うむ、違うな」

サクナの言葉にココロワは目を閉じる。

（やはり……私には稲作など無理な話だったのですね）

だが、次にサクナが発したのは、ココロワの予想だにしない言葉だった。

「ココロワ、おぬしの言うことは間違っておる。わしが自らの力だけで立派に稲作をしてきた？　何を申すか。わしだけでは何もできん。皆が手伝ってくれたおかげじゃ。なあタマ爺《じい》」

ひょっこりと、サクナの後ろからタマ爺が顔を出す。

「はい、とても見られたものではありませんでしたぞ」

「そんな！　しかしサクナさんは独力でなんでもこなして……」

「馬鹿を言うでない。なんでもこなせるものか。皆から助けられっぱなしじゃ」

「……そ、それでも」ココロワは声を振り絞る。「わ、私はもう少し自分ができると思っていました。でも、実際は育苗すらできませんでした。そしてその結果、皆さんに迷惑をかけています。それが悔しくて……」

「――大したもんじゃのう、ココロワは」

　顔を上げると、サクナは慈しむようにココロワを見つめていた。

「え？　私がですか……？　わ、私は何一つできないで……」

「おぬしは、諦めないからじゃ。稲作は誠に大変じゃろ？　やらねばならぬことがたくさんあって失敗ばかりじゃ。それでもココロワはひたむきに励み続けておる。わしなど初めは逃げ出す始末じゃったぞ！」

「真冬の海を舟を漕《こ》いでまで都に帰ろうとしましたな」

「……ココロワ、都でのことを謝罪するぞ。すまなんだ。この通りじゃ」サクナは深々と頭を下げる。「おぬしがここで励み続けたことは皆が知っておる。……だからもう少し、わしらに頼ってくれてもいいのではないか？」

「……サクナさん」

サクナから認められたい。ヒノエ島に来てからその一心で頑張ってきた。意固地になって、助けを拒み続けてきた。それ自体が既に間違っていたのかもしれない。

(サクナさんはとうに私のことを認めてくれていましたのに……)

だとすればもう目的は果たせたのか。いや、とココロワは思い出す――そもそも自分はどうして稲作をしようと思ったのか。単にサクナから認めてもらうためか。

(違いますわ。私は――稲作について、より知りたいからこそ、此処《ここ》へ来たのです……)

「サクナさん……謝るのは私の方ですわ。サクナさんの言の葉は正しかったのです。私は稲作を軽んじていました。独力でこなせると思い上がっていたのです。で、ですが……」

その提案が果たして受け入れてもらえるのか、緊張しながらサクナへと告げる。

「私は――このヒノエ島で稲作をしたいです。もっと稲作のことを知りたいのです。ですが、私だけではできません。……で、ですから、私の稲作を手伝っていただけないでしょうか?」

ココロワの言葉にサクナは目を丸くしていたが、やがてにかっと笑う。

「もちろんじゃ。この豊穣神《ほうじょうしん》サクナが手伝うぞ。一年、共に力を尽くそうぞ」

サクナは手を差し出した。ココロワは彼女の手を握り返す。サクナの手はココロワより小さかった。それでも握り返す力はずっと力強い。

「は……はい」

その言葉を聞いた瞬間、張りつめていた緊張の糸がぷつりと切れた気がした。ヒノエに来てからずっと意地を張り、サクナとも真正面から会話できていなかった。

目頭が今にも決壊しそうなほどに熱くなる。

やがて、雫《しずく》がぽたりと落ち――。

「ゴゴロバ～ッ！」

サクナは泣き叫びながらココロワに抱きついた。

「え、ええ⁉　サクナさんがお先に泣くのですか……⁉」

困惑するココロワをよそに、サクナは胸に顔をうずめて涙と鼻水をまき散らす。

「うう～、ざびじがっだよぅ。ずっと、ココロワと喋れていない気がして、うぅ……」

「サクナさん……」

「一緒じゃぞ！　一緒に稲作をするんじゃ！　約束じゃぞ！」

「……ええ。はい」

ココロワはサクナをそっと抱き返す。この島に来てからやっとサクナと面と向かって話せた気がする。胸の中はすっと晴れていた。

「……だからサクナさん、まずは鼻水を拭きましょう？」

その日ココロワは久々にゆっくりと休息を取り、泥のように眠った。

翌朝は目がぱっちりと開き、とても清々《すがすが》しい気分だった。

5

朝餉をとり、サクナと共に出かける前。ゆいがココロワの元へと近寄ってきた。

「ココロワ様、これ」

「これは……私にでしょうか？」

ゆいが差し出したのは、綺麗に折りたたまれた衣だ。広げてみると、それは手甲に脚絆《きゃはん》、そして丈の短い着物だった。露草《つゆくさ》の花弁を思わせる鮮やかな青色をしている。紅緋色《べにひいろ》をしたサクナの着物と対になっている意匠だ。

「ココロワ様、都からの着物がまんず大変そうだったし織りすたよ。ぜひ着てけらいん」

「うむ、この時候ずっと外に出ておれば肌も焼けるしのう」

「神様に建ててもらった機織り小屋で作ったたっちゃ。合うといいなあ」

「……ありがとうございます、ゆいさん」

ココロワは着物を身に着ける。丈が短く軽いため、とても動きやすい。手甲なども丁度よい大きさで手に馴染《なじ》んでいる。

「おお、似合っておるぞ！」

「……ほ、本当ですか？」

「うむ！　これでいっそう田植えにも集中できるじゃろ」

苗は箱から出してあり、田圃端の冷たい水へと浸け込んであった。サクナとココロワは苗を取ると、並んで田へと入った。

サクナは苗を摘《つ》まみ、泥の中へと入れる。苗はぴんと直立している。

「うむ、泥のしまりもよい具合じゃのう」

ココロワは見よう見まねで苗を摑《つか》み、田へ植える。指は上から真っすぐに。指の第一関節ほどのところまで。苗は真っすぐに立った。昨日のものとはえらい違いだ。

「サクナさん！　で、できました！　綺麗に立ちました！」

「おお、やるではないか！」

ココロワはそのまま後退して苗を植えていく。昨日と比べて随分と楽だった。土がしまったからか。動きやすい服装をしているからか。わだかまりが解けたからか。サクナと一緒にやっているからか。真っ新《さら》だった田に、次々と小さな苗が植えられていく。

いつしかサクナとココロワは唄《うた》いながら田植えをしていた。

〽根付きの悪さよ　心根弱さよ
泥に脚沈め　腰を折る
苗の細さよ　吾《わ》が身細さよ
空《す》き腹で願う　黄金原……

ココロワの心中は不思議な気持ちで満たされていた。

（これが……田植え……）

腰を曲げての田植えは慣れないココロワには体力的に大分厳しい。ココロワは一度、畦へ上がろうとした。畦に足をかけたとき、泥で滑った。

「ひゃっ！」

ぱしゃりと泥が飛び散る。ココロワは田へ尻餅をついていた。

「ココロワ、怪我《けが》はないか⁉」

案じたサクナが駆け寄ってきた。

「……」

ココロワは田に尻餅をついたまま空を見上げていた。青空の下、瑞々《みずみず》しい若葉が風にそよいでいる。青臭さ漂う薫風が、ココロワの傍《そば》を通り抜けていった。

「ふ、ふふふふふ」

「ココロワ、おぬし無事か⁉　もしや疲れすぎて頭が……。少し休んだ方がいいぞ！」

「いえ、違うんですサクナさん。その――」

ココロワの顔は知らないうちに綻んでいた。泥だらけのまま立ち上がる。

「サクナさん……稲作って少し楽しいかもしれませんね」

ココロワの言葉に、サクナはにかっと笑い返す。

「そうじゃろう、そうじゃろう！　じゃが、大変なのはこれからじゃぞ」

「乗り越えてみせますわ。そして絶対に美味しいお米を収穫してみせます！」

田植えを終えた後のことである。サクナとココロワは木陰でミルテに持たされた握り飯を頬ばっていた。と、そこでココロワは雑木林の中に何かを見つける。

「あら？　サクナさん、あれはなんでしょう？」

ココロワの指さした先、雑木林の中に一軒の建物が建っていた。近寄ってみると、かなり襤褸《ぼろ》いことが分かる。壁も屋根も壊れかけている。

「なんじゃこれ？　わしも初めて見たぞ」

眺めたタマ爺が、ふむと頷く。

「おひいさま、これは昔トヨハナ様が使われていた倉やも知れませぬな」

「なんと！　母上の！」

「かつては都に大量の米を納めていたトヨハナ様ですが、神田だけで全ては賄えませぬ。当時はまだ多くいたアシグモ族の力を借り、麓で大きな水田を営んでおられたのです。そのときに用いていた農具を収めている倉かと思われますじゃ。いやはや、この長い年月を持ったのはかなり運がよいといえましょう」

「ほう！　それではもしや貴重な物でも眠っておるかもしれんのう」

サクナとココロワは軋《きし》んで開きづらい扉を無理やりこじ開ける。中に入ると、埃《ほこり》と黴《かび》の臭いが立ち込めていた。空いた壁の隙間から落ち葉が吹き込んでいる。

「うわっ、ぺっぺっぺ。酷い臭いじゃな。農具もあるが、全て錆《さ》びておるようだぞ」

「あら、これは？」

ココロワが崩れた棚の下から見つけたのは、何巻もの巻子本だ。紐《ひも》を解いて中を見てみると、かなりの達筆である。

「おお、それは間違いなくトヨハナ様の字でございます」

「以前に峠の納屋から母上の農書が見つかったことがあったな。もしやこれもか？　ううむ、しかし、虫食いだらけじゃな。汚れも酷いしさすがに読めそうにないのう。捨てるか……」

「サクナさん！」

「わ！」驚いたサクナがひっくり返る。「な、なんじゃ。急にどうしたココロワ！」

「この巻子本、読ませていただいてよろしいでしょうか……！　興味がありますわ！」

名高いトヨハナが書いた巻子本ともなれば、貴重な情報が眠っていそうである。もしかしたらこれからの稲作に役立つ情報もあるかもしれない。そして何より、ココロワは純粋に物書きの一人として興味があった。

「別に構わんが……そんな状態で読めるかのう。ううむ、しかしこの倉はどうしたものか。このまま放置しておくのは勿体《もったい》ないが、場所が悪いし……」

「それでは、ココロワヒメ様がお使いになられてはいかがでしょう」

タマ爺の言葉に、ココロワは目を輝かせる。

「わ、私が使ってもよろしいのですか⁉」

ココロワはこれまで峠の納屋で機巧兵の整備を行っていた。持参した農具もそこに置いており、取ってくるのが大変だった。ここを使えれば一気にその問題が解決する。

（それに何より机もありますし……ここでしたら小説が書けます！）

峠の家ではサクナたちの目があるため、小説を書くことはできない。しかしここならば、火を灯《とも》せば執筆活動もできそうだ。

「ぜ、ぜひ使わせてもらいたいです……！」

「よしココロワ、それではここはおぬしに任せるぞ」

「はい！　心機一転、ここから励みますわ！」

倉の横には、卯《う》の花の真っ白な花弁が咲き誇っている。季節はいつの間にか夏めいていた。

この場を拠点にして、ココロワの新たな稲作が始まろうとしていた。

初夏

1

「ふう、今日もよく働いたのう。くったくたじゃ」

「ええ、本当に……」

寝屋の中で、サクナとココロワは既に寝入っているミルテたちを起こさないよう、声を落として喋《しゃべ》っていた。

ココロワの田圃《たんぼ》で田植えが終わってから既に二週間ほどが経《た》っていた。もっとも、麓全体で田植えが終わったのはつい最近のことだ。広大な土地に手植えするのだからとても数日では終わらない。ココロワも田右衛門《たうえもん》たちを手伝い、後半は手植えにも少し慣れてきた。

「本当に、この島に来てから毎日が忙しいですわ……」

「……」

「サクナさん？」

返事がないので横を見ると、既にサクナは眠りに落ちていた。ココロワはその寝顔を見てくすりと笑う。

天井を見ながら、ココロワはぼんやりと考える。

自分も稲作ができることをサクナに示したい。そんな負けん気でヒノエへとやって来たココロワだが、そもそも稲作を行おうとした理由は別にあった。

（稲作……その魅力が分かれば恐らく面白い小説を書けますわ。きっとサクナさんを喜ばせられるような、そんな作品が……）

ココロワが小説の着想を得るときはいくつかある。散歩をしているとき、他の本を読んだとき、そして寝る前に横になったときだ。

（そうですね。物語の骨子としては――）

瞼《まぶた》を閉じ、どんな物語にしようか考えていると――。

いつの間にか外から鳥の鳴き声が聞こえてきた。

「……」

窓から入る陽光で部屋はうっすらと白んでいた。隣を見ると既にサクナの姿はない。ココロワは寝ぼけ眼をこすりながら起き上がる。まだ朝早い時間は少しだけ肌寒い。

「……また、ぐっすり眠ってしまいました」

ヒノエへと来てから時間の流れがとても早く感じる。一日にやるべき作業がたくさんあるからだろうか。じっくり腰を据えて考えることもできず、気づけば日は暮れ、横になるとすぐに入眠し、朝になる。

当然、小説の着想はまるで浮かんでいない。

「それも、仕方ありませんわね……」

つっかけを履き、表へと出る。東の山の向こうに太陽が顔を出して、空にかかる薄い雲を照らしていた。家の前にある神田に、大きな音を立てて水が流れ込んでいる。サクナが取水口へ立っていた。

「おお、ココロワ。随分と早起きじゃのう」

「おはようございます。早いのはサクナさんの方ですわ。もしかして、陽《ひ》が昇る前から起きていらしたのですか？」

「つい田の様子が気になってしまってのう。癖みたいなもんじゃ」

「私《わたくし》も朝餉《あさげ》前に田圃の様子を見てきますわ」

「そうか。気を付けてな！」

ココロワは小川で顔を洗い、身なりを整えると峠道を行く。「キョッキョッキョッ」と鳴き声が聞こえてくる。夏の到来を告げる時鳥《ほととぎす》の初音だ。

ココロワの田圃は、張った水が朝日を眩《まぶ》しく反射していた。畦際《あぜぎわ》から手を伸ばし、稲の葉を撫《な》でる。葉はざらついていて硬い。植えたばかりの頃は軟らかく、折れそうな印象だったが、気温も上がり随分と大きくなった。

（本当にどんどん生長していくのですね）

日に日に大きくなっていく稲を見るのが楽しみだった。

ただ、最近は少し困っていることもあった。

（またこんなにたくさん……）

田圃の中を覗《のぞ》き込むと、土面に小さな雑草がわんさかと生えていた。小指の先ほどしかない草は子水葱《こなぎ》と呼ばれるものらしい。他には田圃の表面を這《は》うような溝繁縷《みぞはこべ》。あとは松のような針状の葉を持つ蛍藺《ほたるい》だ。代掻《しろか》きをしてから一週間もすると随分と目立つようになってきた。ちまちまと手で抜いていたがとても追いつかない。

（一度、サクナさんに相談しなければならないかもしれませんね……）

峠へと戻ると、かいまるが外へ出ており合鴨《あいがも》小屋の扉を開けていた。

「あーい！　ココロワー！」

「かいまるさん、おはようございます」

合鴨の雛《ひな》が小屋から行進している。まだ生後間もなく、手のひらに乗るほどだ。雛を使うのは、成鳥だと植えたばかりの稲を食べてしまうからである。

（私の田圃にも、この合鴨を使えるでしょうか？）

「うむ、わしもそろそろその話をしようと思っての。ココロワの田圃も雑草が多く生えてきたし、一番草《いちばんぐさ》の時候じゃと思ってな」

朝餉の席で、サクナはココロワへと語った。

ココロワは味噌汁《みそしる》を啜《すす》る。散らされた青葱《あおねぎ》の風味が利いている。ヒノエでのご飯は朝と夕方の二回。皆で集まって囲炉裏《いろり》を囲むこの時間が、ココロワは好きだった。

「一番草……初めて行う草取りのことですわね。鴨を使うのでしょうか」

「鴨は数が少ないからのう。まったく、かいまるは牛といい、どこから連れてくるのか……」

「ひみつ！」かいまるが大きな声を上げた。

「地道にやるしかないのう、ココロワよ……」

「……」

「ココロワ？　おい、ココロワ！　どうかしたのか？」

「あ、いえ。すみません、少し気が抜けてしまいまして……」

サクナと仲直りをしてから、ヒノエでの暮らしは順調だ。稲作も滞りなく進んでいる。

それでもココロワの心には時々、焦燥感が押し寄せてくるのだ。

（私は本当にこのままでよいのでしょうか）

倉も改修し、文机《ふづくえ》も置いてある。それなのに新作は一文字たりとも書けていない。稲作の日々が忙しく、とても小説まで手が回らないのだ。

（楽しみに待ってくださっているサクナさんのためにも、一刻も早く書かなければ……）

2

その翌日もまた朝から晴天だった。青嵐が草木の香りを運んでくる。ココロワは脚絆《きやはん》と手甲を身に着け、畦に立っていた。本日の作業は一番草、初めての本格的な草取りだ。

「さ、それでは始めるとするか。ココロワ、これを使うとよい」

横に立つサクナが、片手ほどの大きさである農具を差し出した。ココロワは受け取り、しげしげと眺める。短い柄と鉄製の爪が四本ついている。

「これは確か……雁爪《がんづめ》でしょうか？」

「うむ、きんたに作らせてな。よい物じゃぞこれは。こうやってな」

サクナの後について、ココロワは田へと入る。田植え時は緩かった泥も随分としまっており歩きやすい。サクナが土に雁爪を入れて手前へと引いた。田面に茂っていた子水葱《こなぎ》や蛍藺《ほたるい》が爪で引き抜かれていく。サクナは雑草をもう一方の手で取り、腰の籠へ入れた。

「ほれ、手取りより随分と楽じゃろ」

サクナの言うように、能率は段違いだ。稲を引っかけないように、ココロワは条間《じょうかん》の土を雁爪でさらっていく。草はみるみるうちに取れていった。

(稲は取らないように、雑草だけ雑草だけ……)

だがしばらく経つと、横からサクナが声をかけてきた。

「ココロワ、どうして稗《ひえ》を取らんのじゃ?」

「え……稗ですか?」

「ほら、そこにあるじゃろ。それじゃ」

サクナが指さしたのは、ココロワが先ほど稲だと思って避けたものだ。近づいてじっと眺めてみるが、まるで稲と見分けがつかない。

サクナはそれを引き抜くと、新葉が伸びている葉の付け根を指した。

「よく見ると稲とは全く違うんじゃ。ほら、ここ。稲にはここに耳みたいなものがあるじゃろ。稗にはこれがないから簡単に見分けられるぞ。迷ったら見るといい」

「ううん……しかしやはり、見分けがつかないような……」

「稗は稲より緑が薄いし、柔らかそうな感じがするからのう。慣れればすぐに分かるぞ」

サクナは田を進み、野稗と思《おぼ》しき雑草をぽんぽんと抜いていく。

ココロワも雁爪を使って草取りを続ける。単純作業をしていると、またもや小説のことが頭に浮かんできた。

（新作……一体どうすればサクナさんを喜ばせられるような小説にできるでしょうか。サクナさんが朧月香子《おぼろづきこうし》に望んでいるもの……『片恋物語』のときのような恋愛劇でしょうか。

……あ、これは稗ですね。抜いてしまいましょう）

「え？」

「お、おい！　ココロワ！　ココロワ！」

横から大きな呼び声が聞こえ、顔を向けるとサクナが焦っている。

「おぬし、手にかけているものをよく見ろ。それ稲ではないか！」

慌てて手元に目をやると、確かに握っているのは稲の株だ。

「す、すみません……！　上の空で……」

「少し休むか？　日差しも強くなってきたしのう」

「い、いいえ！　まだ始めたばかりですし……！」

結局その後も、ココロワは何度も稲と稗を間違えて抜きかけてしまう。そんなココロワを、サクナは心配そうな表情で見つめていた。

初めは稗との違いがまるで分からなかったココロワだが、麓の他の田圃の草取りも手伝うようになり、少しずつ見分けられるようになってきた。神田や麓の田圃を自分のものと見比べて、ココロワは一つ気づいたことがある。

「どうも私の田圃、雑草の数や種類が多いような気がしますわ」

畦に立って見ても、明らかに分かるほどである。その理由をサクナたちに聞くと、田右衛門が答えてくれた。

「ふむ、理由はいくつか考えられまする。ココロワ様の田圃は放棄田で、長らく雑草が生い茂っておりました。埋まっている種も多かったのでしょう」

「埋まっている……前年にできた雑草の種でしょうか」

「左様にござりまする。子水葱も稗も、もちろん稲もそうですが、秋には一つの植物が何千という種子を付けるのでございます。それが土中に多く眠っております故」

「わしらの田圃は毎年草取りしているから少ないがのう」

「それと……あとは恐らく代掻きの差にござりましょう」

田右衛門は、やや言いづらそうに告げる。

「……もしや、私の代掻きに何か問題でもあったのでしょうか？」

「大変申し上げにくいのですが、こちらの田圃はかなり土に凹凸がありまする」

田右衛門の指摘通り、ココロワの田圃は平らとは言い難い。一応は綺麗《きれい》に均《なら》したつもりだったが、ところどころ土面が露出していた。

「……私も最後の代掻きはほうほうの体《てい》でしたから。かなり不均一でしたわ」

「初めてにしてはご立派にございます。某《それがし》など、誠に酷《ひど》い有り様にございました」

「わしもじゃ。石を取り除くのも忘れてえらい目にあったわい」

サクナは昔を思い出したのかうんざりとしている。

「種が空気に触れますと、芽が出やすくなるようにござります。恐らく夕方に水の位置が下がって土が露《あら》わになり、雑草が芽生えやすくなっているのかと」

「……つまり、私の代掻きが甘かったためなのですね」

ココロワは小さく肩を落とす。手間はかかるが雁爪で草取りを続けていくしかないようだ。しかしこの雁爪にしたって、手取りよりは楽だが時間がかかることには変わりない。

「もう少し手軽に草取りできる農具があればよいのですが……」

ココロワの愚痴を聞くと、田右衛門は大きく笑った。

「はっはっは、思い出しますなあ。サクナ様が田圃に塩を撒《ま》かれたときのことを！」

「お、思い出させるでないわ！」

「え、塩って……あのお塩ですか？　それを田圃に？」

「う……い、いや。でも惜しいところは突いておったのじゃぞ！　塩はすごくてな。糧《かて》としてはもちろんのこと、土に多く撒けばしつこい雑草を枯らすこともできる。田に撒けば雑草だけ枯らせるのではと期待したのじゃが……」

「撒いてすぐに、稲の葉が萎《しぼ》みだしたのでございます。大慌てで水をかけ流しましたが……その年、その田圃の稲はもう使い物にはなりませなんだ」

「ええい！　いいんじゃ！　そういう試行錯誤が重要なんじゃ！　それに功を奏したときもあるぞ！　すっ転んで田に油を流してしまったときは、虫が湧かんかったじゃろ！」

騒ぐサクナの横で、ココロワは顎に手を当てじっくりと考えだす。

（サクナさんも苦労されているのですね。もっと効率よく草取りできるよい方法はないでしょうか。籾摺《もみす》りや精米だって楽にできるようになったのです。草取りもきっと何かよい手があるはずですわ。機巧兵《からくりへい》は泥水の中では使えませんわ。何かもっと雁爪を発展させた形で……）

「……ココロワ？」

サクナが心配そうに、ココロワの顔を覗き込む。

「は！　す、すみません。私ったらまた考え事をしてしまいまして」

場所を構わず考え続けてしまうのはココロワの癖だった。それを誤魔化すかのように、ココロワは裾を捲《ま》くり、雁爪を手に取る。

「……さ！　わ、私は引き続き、草取りを行います！」

畦を走り出そうとしたところで、足元に何かが引っかかる。

「あ、危ないぞ！」

「ひゃっ！」

ココロワは畦に転んでしまう。駆け寄ってきたサクナたちに支えられ、立ち上がる。足元には、地面を這うように雑草が茂っていた。

「足掻《あしかき》じゃな。これもまた厄介な雑草じゃ。畦から伸びて田圃の中まで入ってくる。おまけに刈り取らんと、足を取られて転んでしまうぞ」

「す、すみません。焦って引っかかってしまって」

「……なあココロワ。おぬし、やはり少し疲れておるのではないか？」

「そ、そんなことありませんわ。ヒノエでの生活にも慣れましたし……」

「それはよかったが……。ただ、どうも身が入っとらんようじゃ……」

「そ、それは……」

確かにここ最近、身が入っていないのは自覚している。そしてその理由も分かり切っている。要するに中途半端なのだ。今のココロワは稲作と小説の二兎《にと》を追っている状態だ。

（機巧作りならまだしも、慣れない稲作をしながら小説を書くなんてことがうまくいくはずはないと分かっていますのに。このままでは稲作も小説も中途半端になってしまうかもしれません。いっそ……）

「休んでもよいのではないか。慣れないことばかりで大変じゃろうし……」

「い、いいえ！　私はまだやれます……」

そうは言いながらも、多少の迷いは生じていた。

（いっそ……今年は稲作に集中して、小説は来年に回した方がよいかもしれませんん……）

3

サクナとココロワたちが家へと戻ると、囲炉裏の前にとある神の姿があった。タマ爺《じい》と向かい合っていたその神は、戻ってきたサクナたちを振り向く。

「おお、瀬守神《せもりがみ》ではないか」

瀬守神は都に住まう神であり、タマ爺とは旧知の仲で、都の伝令役としてヒノエを何度か訪れている。瀬守神の言葉は訛《なま》りが強いため、聞き取れるのはタマ爺を除いていない。

「ココロワヒメ様、丁度よいところに来られました。なんでも、言伝《ことづて》があるそうですじゃ」

「私にでしょうか？」

ココロワははて、と首を傾《かし》げる。自分に一体なんの用だろう。

「はい、なんでも都から火急の件で戻ってほしいとのことですじゃ。都を守る機巧兵に狂いが見られたようでして……」

「機巧兵に……？」

御柱都《みはしらのみやこ》には機巧兵を配備していた。瀬守神いわくその機巧兵の何体かが急に動きを止めてしまったそうだ。機巧兵の整備は発明神であるココロワの仕事である。

「出立前につぶさに検《あらた》めてきました。機巧兵に不具合が出るとは思えません……。何か予期せぬことでもあったのでしょうか」

すぐにでもこの島を発《た》ちたいところだが、ココロワには心残りがあった。

（機巧兵を確認したいのはもちろんですが……しかし今の私には稲作があります）

都へは往復で一週間はかかる。その間、稲の管理をサクナに任せることになってしまう。

（もともと、この島での稲作は私がすると言い出したこと。その上、あの田圃までサクナさんたちに任せれば、さらにご負担をかけてしまいますわ……。それに機巧兵の整備ともなれば……いよいよ小説は……）

ココロワが思案顔で悩んでいると、肩をぽんと叩《たた》かれた。横を見るとサクナが立っており、にっこり笑っている。

「なんじゃココロワ、難しい顔をしておるな。大方、稲を気にかけておるのじゃろう」

「……はい。私が言い出した手前、放置するわけには……」

「なに、気にするでないわ！　田圃の一つや二つ増えても、かかる労力はさほど変わらん。おぬしは安心して都へ帰るとよい。な」

「はい、田圃のことは我らにお任せください！」

田右衛門はどんと大きな胸を張った。

「……皆さん」

ココロワは静かに頭を下げる。

「お言葉に甘えさせていただきます。しばしの間、稲のことを宜《よろ》しくお願いします」

「うむ、わしに任せるがよいぞ。お、それとそうじゃ。ココロワよ、都に行くついでに一つ頼まれごとをしてくれんかのう」

「私にできることならなんでもいたしますわ」

「うむ、書林へ行って新刊が出ていたら買ってきてほしい」

「新刊、と言いますと……」

「もちろん、朧月香子じゃ！　そろそろ出ておる時分かもしれぬ」

朧月香子の新刊――それを聞いてココロワは一瞬戸惑うが、すぐに笑みを浮かべた。

「は、はい。書林を回ってみますわ」

嬉《うれ》しそうに微笑むサクナを見ていると、ココロワは胸が苦しくなった。

（すみませんサクナさん。新刊は今年中には無理……当分先になるかもしれません）


翌朝、ココロワはヒノエ島を発った。

見送りに行った帰り道、サクナと田右衛門は麓のココロワの田圃へとやって来ていた。

田右衛門は田圃を見ると、賛嘆の声を上げた。

「しかし、見事なものですなあココロワ様は。初めての稲作とはとても思えぬほど、よく治められておりまする。綺麗なものでございます」

「まめな性格じゃし向いておるのじゃろう。それに、ココロワはあれで意外と頑固で、負けず嫌いな一面があるからのう……」

「ココロワ様が？　まさか、とても想像できませぬが……」

「わしが都であやつと出会ってまだ日も浅い頃。他の神がココロワの機巧を馬鹿にしたことがあってのう。それがきっかけの一つとなって火が付いたらしい。当時の機巧はまだ玩具《がんぐ》のようなものじゃったが……そこから宮中を守護できるまでに仕上げたんじゃ」

「なんと！　そのようなことがあったとは……」

「ココロワが帰って田圃を見たとき、がっかりされては敵《かな》わんな。しっかりと治めるぞ」

サクナは雁爪を手に取り、田圃へと入った。雑草は凄《すさ》まじい勢いで生長している。土面には面高《おもだか》や黒慈姑《くろぐわい》などの雑草が次々と顔を出していた。

「これまた、骨が折れそうじゃのう……」

4

故障した機巧兵の修理自体は、拍子抜けするほど簡単に終わった。動力の一つとして用いている油が漏れ出ていたのだ。内蔵部品を取り換え、新しい油を差し込むと、機巧兵は元通り動くようになった。しかし、ココロワは違和感を抱く。

（出立前に検めたとき狂いは見られませんでしたが……。どうして、このような事態に？）

発見した神の話では、明け方に宮中へやって来るとどの機巧兵も動かなくなっていたという。前日の夜にはまるで異常はなかったとのことだ。

（傷は見当たりませんし自然に壊れたのでしょうか？）

ひとまずやるべきことは終わった。ココロワは都へ一泊し、すぐにヒノエへと戻ることにした。こうしている間にも稲は生長しているのだ。ここまで手塩に掛けて育ててきた稲が手を離れてしまうのも落ち着かない。

少し時間があったため、ココロワは書林へと向かった。完結した『片恋物語』は、途中の巻が抜けた状態で店の奥にひっそりと並んでいた。埃《ほこり》を被《かぶ》っている有り様である。

（……）

それとは対照的に、店先に平積みされているのは『四季草子』であった。新刊である春の章が出ており、ココロワはそれを一冊手に取った。

港へと向かう前に、ココロワはあることを思い出す。

（そうですわ、戻る前に文《ふみ》を確認しておきませんと）

都の郊外、閑静な通りにココロワ行きつけの茶屋はあった。菓子はどれを選んでも美味《おい》しいのだが客足は少ない。そこが気に入っている一方で、もっと知れ渡ってほしいという思いもあり、複雑な気持ちだ。

いつものように、店内に客の姿はない。ココロワは蒸羊羹《むしようかん》と煎茶を頼むと、店の前に置かれている長椅子に腰かける。眼前には緑に色づいた山々が迫っている。

（……さて、言伝はあるでしょうか）

ココロワが朧月香子だと知る者は、都には一柱としていない。では誰も知らないのにココロワはどうやって『片恋物語』を発表しているのか。

もう随分と昔のことである。ココロワは密《ひそ》かに物語を綴って、自分で読むことを楽しんでいた。世間へ発表することなど考えたこともなかった。自作が拙いことは十分に承知しているし、出しても馬鹿にされるだけと思っていた。

だがある日、自作の冊子をこの茶屋へと忘れてしまった。気づいてすぐに戻ってみるも冊子はない。慌てて周囲を捜してみると、長椅子の敷物が少し捲《めく》れている。中を見るとそこには冊子が、そして傍らには一首の短歌が添えてあった。あなたの本を世間に発表しませんか——という旨の歌であった。初めココロワは渋り、断る旨を何度も返歌したが、相手はしつこい。仕方なく折れて、朧月香子の名義で本を発表することとなったのだ。

それ以来、茶屋の長椅子を通してココロワはその神とやり取りを重ねた。本を渡すのも長椅子経由だ。だからココロワは向こうの顔すら見たことがない。そして恐らく向こうも、朧月香子の本名さえ知らないのである。

ココロワは長椅子に敷かれた敷物を捲り、椅子の脚元を確認する。出てきた短冊には、一首の短歌が綴《つづ》られている。

かいつまめば、朧月香子の新作をいつまでも待ち望んでいる、という内容だ。

ココロワは懐から短冊と矢立を取り出して、一首を綴った。


ひとり住む空ぞわびしきいつしかも君に見せばや今の我が身を

朧月香子

ココロワは長椅子の下にそっと短歌を忍ばせる。本が遅れているのは決して自分の本意ではない。一刻も早く本を届けたい――そう歌ったものだ。

（二兎を追うわけにはいきません。今年一年は稲作に集中しますわ……）

そろそろ帰ろうかと思ったとき、はたと思いつく。

（そうですわ、ここの点心をお土産として買っていきましょう）

いくつか点心を買い、店を出た矢先のことである。ウモーッ、という大きな叫びが真横から轟《とどろ》いた。

「ひゃっ！」

驚いて尻餅をついたまま横を見れば、そこには猛々しい雄牛が引く一台の牛車《ぎっしゃ》が止まっていた。鮮やかな色彩の花を拵《こしら》えた派手派手しい見た目であり、名のある上級神が乗っているると思われた。

「あらあら、ごめんあそばせ。お怪我はなくて？」

簾《すだれ》を開け、女性が下りてきた。彼女は尻餅をついたままのココロワへ手を差し伸べる。

「い、いいえ。こちらこそ周りをよく見ずに……申し訳ありません」

ココロワは差し出された手を摑《つか》もうとして、はっとする。目の前に立っていたのは、山吹色の大きな髪飾り、煌《きら》びやかな十二単《じゅうにひとえ》──『四季草子』の著者ウケタマヒメである。

「ウ、ウケタマヒメさん……」

「あら、妾《わらわ》をご存じで？　おや、それは妾の『四季草子』新刊ではありませんこと？　そなたも妾の読み手だったのですね。署名を入れて差し上げましょうか」

「あ、い、いえ……。そんな……」

「そうご遠慮なさらずに。さらさら……はい。そなた、よく本はお読みになるのかしら？」

「あ、はい。その……嗜《たしな》む程度ですが……」

「そう。それでは『片恋物語』という小説はお読みに？」

「……！」

思わず息が詰まる。

「ぜひ手を出して、妾の『四季草子』と読み比べてほしいものですわ。著者の朧月香子という神は恐らく夢想家なのでしょう。また違った読み味ですことよ？　オホホホ……」

ウケタマヒメは扇を口元に当て、高笑いした。

夢想家――それはそうだ。『片恋物語』は幼い時分よりココロワが頭の中に描いていた物語。現実を精緻に描いた『四季草子』とはまるで違う。

「ここのところ新刊も出ていないようですし、筆を折ってしまったのかしら？」

書林の奥で、埃を被っていた『片恋物語』を思い出す。

（……そう思われても仕方ありませんわ。今、世間で人気なのはウケタマヒメさんの著作。私の描く物語の需要なんて、もうどこにも――）

『そうか……残念じゃ……。わしは昔から朧月香子には目がなくてのう……。この島にも一冊持ってきておるのだぞ。長くなくてもよいから、書き続けては欲しいものじゃ』

「……」

不意に、頭の中に浮かんできたのはサクナの一言だった。

ここでウケタマヒメの言葉を受け入れ、腐るのは簡単だ。だがそれは、朧月香子の新刊を待ってくれているサクナを裏切るような——そんな気がしてしまう。

（そう、そうですわ……サクナさんは私の作品を待ってくれているのです！）

ココロワの心中に闘志が燃えあがってくる。

「……き、きっと」

振り絞るように、ココロワは声を出す。

「あら？　なんと申しました？」

「きっとすぐに、朧月香子の新刊は出ますわ。彼女はやる気に満ち溢《あふ》れていますから！」

そう、朧月香子の新刊を楽しみに待ってくれている読者は確かにいるのだ。彼女のような読者が楽しめる作品を、香子は出したいと思っている。

「次に出る朧月香子の作品は、以前とは違うものになるはずですわ！」

「……？　それはどういうことですの？」

「た、楽しみにしていてください！　それでは、し、失礼いたします！」

ココロワは早足にその場を辞した。通りの角を曲がると、土塀に手をついて息を吐く。

心臓はどくどくと高鳴り、顔は真っ赤になっていた。

（い、言ってしまいました。ウケタマヒメさんに強気な宣言をしてしまいました……！

きっと今頃、彼女も驚いているはずです……！）

一方、通りに取り残されたウケタマヒメはきょとんとして首を傾げる。

「……どうしたのでしょう、あのお方は。いきなり声を荒らげたりして……？」

ココロワの決死の宣言はまるで伝わっていなかった。


ココロワは大きく息を吐き出すと、決然とした顔つきで歩き出した。

（今年中に私は、稲作と両立させてサクナさんに新作を届けてみせます……！）

だがそのためには障壁も多い。特に草取りには膨大な時間がかかっている。今のままではとても小説を書く時間など取れないだろう。

（なんとかして手間を省けないものでしょうか……）

と考えている矢先に、荒れた道が目に留まる。都の中心部とは違い、郊外だからか管理が行き届いておらず草が茂っている。しかし、道の真ん中に二本、線のようになって草の生えていない場所が続いていた。

（牛車の通った跡でしょうか。車輪《くるまのわ》の通った処《ところ》だけ草が踏み潰されて……）

はっとココロワの脳内に閃《ひらめ》くものがある。

（そう、簡単なことだったのですね。機巧兵は駄目でも——！）

都からヒノエまでの航海は日数を要する。航海中、ココロワは着想を形にしていった。道具は揃っており、実践してみる価値はありそうだ。

ヒノエの入り江へと着き、階段を下ろす。積み込んだ機巧兵たちを下ろしているときのことだ。がたっ、と船底の方から音がした。

(何か音がしたような……気のせいでしょうか?)

ココロワはさして気に留める様子も見せず、峠へと向かっていく。だから彼女は——船の中にそれが潜んでいることに最後まで気づかなかった。

5

「ただいま戻りましたわ」

峠の家へと着いたのはもう既に日が暮れかけているときだった。

「おお、ココロワ!」

サクナは軒下に座り、犬猫と共に日光浴をしていた。ココロワが都での経緯《いきさつ》、機巧兵を無事に直してきたことを伝えると、サクナはうんうんと頷く。

「そうか、それは何よりじゃ。……ところでココロワよ。あれはどうだったかの?」

「あれと申しますと……朧月香子の新刊でしょうか」

「うむ、もしやあったのか⁉」

「いえ、残念ながら……」

「むう……」サクナはがっくりと肩を落とす。「そうか。まあ香子も忙しいのかもしれれんし仕方ないかのう。早く読みたいものじゃが」

「……た、ただ、街中で噂《うわさ》は耳にしましたわ。近いうちに新刊が出るかもしれないと！　香子も随分と意欲を見せているようですわ」

「な、何っ⁉　それは本当か！」サクナはココロワの肩をがばりと摑んで、激しく揺さぶった。「それはいつのことじゃ、秋か⁉　冬か⁉　来春か⁉」

「あわ、わわわわ……」

「おひいさま！　落ち着きなされ、ココロワヒメ様が大変なことになっておられますぞ！」

「お、おお！　すまんすまん！　ココロワ、無事か⁉」

「は、はい」ぐらぐらと揺れ動く視界の中、ココロワは答える。「ただ、近いうちとは聞いていますわ。それに次に出るのは今までにない自信作とも」

「ほう、それは誠に楽しみじゃ！」

にかっと笑みを浮かべるサクナを見て、ココロワはつい答えてしまう。

「はい、楽しみにしていてくださいï¼ã€

「……？　ココロワよ、なんでおぬしが答えるんじゃ？」

「え？」

「む？」

「……」

「……」

サクナとココロワの間に沈黙が流れる。ややして、先に口を開いたのはサクナだった。

「ココロワよ、おぬしもしかして――」

ひやりと、ココロワの頬を冷たいものが流れる。

「サ、サクナさん！　草取りには労力を要しませんか⁉」

「む？　まあそれはそうじゃが。この時期、一番手間がかかっておるからのう」

「航海中にこのようなものを作ってみたのですが、どうでしょうか？」

ココロワが差し出したのは身の丈ほどもある大きな農具だ。木製の柄の先には、牛用の犂と同じような鉄製の回転爪が取り付けてある。

「なんじゃこれは？」

「草取りするための農具です。早速ですが、試してみましょう」

目の前の神田に、サクナは農具を下ろす。握りを持って柄を前へと押すと、爪が回転し、田面の草を土中へと押し込んでいく。

「おお、草が沈んでいくぞ!」

想像通り、うまくいった。力は要るようだが、土をかき混ぜて草を押し込んでいく。着想を得たのは牛車の通った道に、草が生えていないことだった。機巧兵に代掻き用に取り付けていた爪を外して並列させてみたのだ。機巧兵が水に弱いなら、自らが操れる農具にしてしまえばすむことである。

「田圃を打つ(耕す)車輪《くるまのわ》……さしずめ田打車《たうちぐるま》といったところでしょうか」

「うむ、これならば随分と手間を省けるぞ! またよいものを作ってくれたのう!」

「サクナさんのお役に立てたのなら、何よりですわ。ですが、まだまだ改良のしようがありそうです。きんたさんに相談してみましょう」

確かな手ごたえを感じ、ココロワのやる気は高まっていた。草取りの省力化ができるということはつまり、小説を書く時間を確保できるということでもある。

(気合いを入れましょう! 絶対に今年中に、稲作もこなし、新作も完成させてみせます!)

サクナが田打車を押す手を止め、こちらを向く。

「ところでココロワよ」

「はい、なんでしょう?」

「さっきの話の続きなのじゃが……どうしておぬしが答えたんじゃ?」

「わ、私! 自分の田圃を見てきますわ!」

「あ、ココロワ!」

サクナの制止の声も聞かず、ココロワは逃げるように駆け出した。

盛夏

1

早いもので、ココロワがヒノエへと来てから二ヶ月が過ぎようとしていた。稲作を行い、皆で囲炉裏《いろり》を囲むことに対しても随分と慣れてきたものだとココロワは思う。

そのはずだったのだが――。

「まるで糞《くそ》でねか！」

「ええい、何を申すかこのきんたまめ！」

目の前で繰り広げられるのは下品な言葉の応酬。そんなやり取りを聞いておきながら、一同は噴き出す始末だ。

思わずココロワは下を向き、顔を赤らめてしまう。

（ああ……一体どうしてこのようなことになってしまったのでしょう⁉）

つまりココロワは、ヒノエのことなどまだ何も分かっていなかったのである。

2

「ごちそうさまでした。とても美味《おい》しかったですわ！」

ヒノエへと戻った日の夕餉《ゆうげ》の席で、ココロワは感嘆の声を上げていた。蚕豆《そらまめ》の豆飯、甘辛い伽羅蕗《きゃらぶき》、稚鮎《ちあゆ》の塩焼き。ヒノエの食材で作られたミルテの料理を、ココロワは十分に堪能したのだった。数日にも亘《わた》る船内の食事とはまるで大違いだ。

「いやいやココロワよ、すごい食いっぷりじゃったのう」

サクナはココロワを見て楽しそうに笑う。

「す、すみません。あまりにも美味しくて、何度もお代わりをしてしまいました」

赤面するココロワに、ミルテが微笑《ほほえ》む。

「オイしそうに食べてくれて、とてもウレしいです」

「ふう、しかしよう食べたわい。もう米粒一つも入らんぞ」

「あ、そうでした！」ココロワは手を叩《たた》いて立ち上がる。「都で皆様に点心を買ってきたのです。ぜひ食後にと思いまして。いかがでしょう」

ココロワが皿に載せて菓子を皆の前に並べた。色鮮やかな金平糖、きな粉がまぶしてあるわらび餅《もち》、水でといた小麦粉を薄くのばして丸めたふの焼き、黒い宝石のように輝く蒸《むし》羊羹《ようかん》。

「おお、なんと旨《うま》そうな！　いただくぞ！」

「おひいさま、もう米粒一つも入らないと仰《おつしや》っていたのは……」

「点心は別腹じゃ、別腹！　さ、早《はよ》う食べようぞ……って、どうした皆の者？」

ゆいときんたは、目の前に差し出された皿を検分するかのように眺めていた。

「神様、何《なぬ》しゃこいは？　木魄《こはく》すかや？」

「こいなの出されてなじょすっけな」

きんたたちの反応に、サクナとココロワは顔を見合わせた。

「皆さん、それは都のお菓子ですわ。食べ物です」

「こいつが食い物すかや？」

「んなわけあるか。からかうでね」

説明されてもなお信じない二人の目の前で、サクナが金平糖を摘《つ》まみ、口に入れた。ぼりぼりと嚙《か》み砕き、飲み込んでしまう。

「うむ、甘くて旨いぞ。久しぶりに食ったわい」

きんたとゆい、それに田右衛門《たうえもん》も目を丸くして驚いている。

「なんと色鮮やかな！　某《それがし》も麓《ふもと》の世《よ》でこのような菓子は見たことがありません」

それを聞いて、ココロワは少し考え込む。

（戦乱の世で生きてきた皆さんには物珍しいのかもしれませんね……）

ミルテはわらび餅が気に入ったようで、興味津々といった目で眺めている。

「コンペイトウは、ホカの国で見たことあります！　わらびモチも、とってもキレイ！

ヤナトのブンカ、とってもオモシロイです！」

ココロワは菓子楊枝《ようじ》を使い、蒸羊羹を切り分けて口へと運ぶ。

「都ではお茶をするのです。見ても楽しめますし、私《わたくし》はこれをいただくのが好きで……」

「ほぉん、見てもか」きんたはわらび餅をがっと摑《つか》み、丸呑《まるの》みした。「うん、うめえでねか」

「あ、おい！　きんた、おぬし何をしとる！　もっとよく見て味わって食べんか！」

怒鳴るサクナをきんたは鼻で笑う。

「なんだべ、結局は菓子に変わりね。それに、腹んなか入ればみんな一緒だべ」

「ぐぬぬ……！　おぬしはまたそういうことを……！」

かいまるもまた一口でそれを頰張った。

「うーみゃ！」

きんたたちを見て、サクナはがっくりと肩を落とした。

「全く風情の分からん奴《やつ》らよ。すまんのうココロワ、折角買《こ》うてきてくれたというのに」

「皆さんが美味しく召しあがってくださったのなら私は満足ですわ。お菓子の楽しみ方は人それぞれですし……」

皆が気に入ってくれたようでココロワは安堵《あんど》する。そんな中、ミルテだけが菓子に手を付けずじっと見つめていた。

「ミルテさん、どうかしたのですか？」

ココロワを見て、ミルテはにこりと微笑んだ。

「よいことをオモいつきました。楽しみに、しててください！」

3

その日、サクナとココロワは籠を抱えて麓まで下りていた。籠には麓で採った真っ赤な山桜桃梅《ゆすらうめ》の実が入っていた。サクナに唆《そそのか》され、ココロワは実を一つ口に含む。口内に酸味が広がり思わず目を細めてしまう。

「す、少し酸っぱいです……！」

「熟せばもっと甘くなるぞ。うむ、もう少しで枇杷《びわ》の実も食えるし、青梅も採れる。梅酒や梅干しも作れるぞ。ぐふふ、楽しみが広がるのう……」

「サ、サクナさん。涎《よだれ》が出ていますよ」

「おっとすまん！」

このヒノエで、サクナたちは稲作だけに集中すればよいというわけではない。肉や山菜は自分で集める。果実も熟し始め、食卓にはさらに彩りが増す。

（店先に並ぶ都とは大いに違いますね……）

サクナは南の空を見上げている。ココロワもそちらへと顔をやる。今はもう落ち着いている火山の向こうにはうっすらと雲が見える。

「もうすぐ梅雨になるのう。恵みの雨じゃから稲作にとってはかかせん。しかし、黴《かび》も出るし虫も湧いてくる。治めるのがちと大変じゃぞ」

サクナとココロワは家へと入った。すると甘い香りが漂ってきた。ミルテが調理場に立っており、唄《うた》を口ずさんでいる。

「ミルテ。何をやっとるんじゃ？」

「O、サクナ！　ココロワ！　チョウドよいところにキました。アジ見をしてください！」

ミルテは皿を差し出した。そこに載っている物を見て、ココロワは驚く。

「これは……枇杷の実でしょうか？」

「麓で採るには早かったが何処《いずこ》になっておったんじゃ？　どれ、いただくとしよう」

「ココロワも、どうぞ！」

「ありがとうございます。それでは、お一つ……」

ココロワは枇杷の実を摘まみ、その感触に違和感を抱く。なんだか妙に軟らかい。この摘まんだ感じ、これは果実というよりかはまるで——。

「わ、な、なんじゃこれは!?」先に枇杷を口に含んだサクナが騒ぎ出した。「お、おいミルテ。なんじゃこれは。枇杷の実ではなくて菓子ではないか！」

「Ｏ！　サクナ、セイカイです！」

「え？　これがお菓子ですか？」

ココロワは指で摘まんだ物を検分する。言われてみれば練り菓子のような柔い感触がある。口に含むと枇杷の酸味や芳香はなく、広がったのは練り餡《あん》の甘さとまろやかさだ。

「これは……！　どう見ても枇杷としか思えません！」

「この前、ココロワがミヤコからモってきてくれたカシ、わたしはとてもオドロキました。ヒロがりができるとオモって、これを作りました！」

「へたまで付いていますし……。一体どのように作られたのですか？」

「モチゴメコとアズキとサトウ、色はウコンでソめました！　ヤナトのシキ、とてもウツクしいです！　もっとオカシにヒロがりを、見せられるとオモいます！」

　ココロワはミルテの腕前に感心していた。

（亥《い》の子餅や桜餅、椿餅などはありますが……都でもこのようなお菓子は見たことがありません。ミルテさんの料理の才には驚かされるばかりですわ……）

　調理場を見れば、まだ材料が少し余っているようだ。

「ミルテさん、後学のために私にも作り方を教えていただけないでしょうか。どのような製法でなされたのか、発明神として気になります……！」

「どれ。それじゃあわしも作ってみるとするか」

　ココロワたちの申し出にミルテは顔を明るくする。

「ハイ、イッショに作りましょう！」


　その日の夕餉、食後には点心が出された。

「おや、枇杷にございますか。今年は随分と早いですなあ」

　各皿には三つずつ載せられている。

「おう、そうじゃろ。食べてみよ」

　にやにやとしながら勧めるサクナを見て、きんたは鼻を鳴らした。

「ふん、ばればれだべ。こいづ、真ん中のは似せてるが菓子だべ。よく見りゃ違《つが》うって分かるでねか。ほいでこっち、左が本当《ほん》の枇杷だ」

きんたは本物と指摘した左端を摘まみ、口に含む。サクナがにやりと笑うのと、きんたが目を丸くするのは同時であった。

「な、なんだ⁉　これも菓子でねか⁉」

「かっかっか。見事に引っかかったのう。それはミルテが作ったものよ！」

きんたが菓子と看破したのはココロワが作ったものだ。その隣にある本物の枇杷だと思ったのはミルテ作だ。昼間よりも洗練されており、囲炉裏の火に照らされたこの場では本物にしか見えない。

「さすがに私の作ったお菓子は偽物とばれてしまいましたわね……」

「いえ、ミルテ殿の枇杷は言わずもがな、ココロワヒメ様の作られたものもお上手です」

とタマ爺《じい》が褒めそやす。

「タマさん、そんな……まだまだですわ」

幼い時分から機巧《からくり》を弄《いじ》ってきたココロワは、手先の器用さには自信がある。ただ、やはり料理は随分と勝手が違う。作り慣れておらず、生地《きじ》の成形に手こずってしまった。

「ふむ、しかしこれは素晴らしいですなあ」田右衛門が感心して呟《つぶや》く。「似せているという意味では、亥の子餅に近いでしょうか。ここまで寄せるというのは新しい試みかと思いますするぞ。四季折々に合わせて色々な菓子も作れそうです」

「うむ、そうじゃのう。さすがじゃな、ミルテ」

「はい！　これからもタクサン、作ります！」

なごやかな空気で満たされた中、

「ほいでだけんとも……こいは何《なぬ》しゃ？」

ゆいは恐る恐る皿を指した。ココロワの作った枇杷の実、その隣が問題の物だ。黄色でぐちゃっと潰れたような凸凹のついた奇妙な菓子だ。

サクナは気分がよさそうに発言する。

「何って枇杷の実じゃろ。多少歪《ゆが》んでおるがの！　ううむ、われながらよくできたわい」

「お前《め》、こいを多少で済ませるかや⁉」ときんたが突っ込む。

「なんじゃ。ココロワとミルテには劣るが、初めてにしては上出来じゃろ」

「……」

「……」

「……」

「な、なんじゃ。皆して急に黙りこくって！」

口を開いたのは、きんただった。

「……どう見ても糞にしか見えねえべや」

「な！」サクナが立ち上がる。「ぐぬぬぬぬ、きんた！　おぬしなんと申した！　わしが作った菓子に向かってなんと下品なことを申すか⁉」

「でも、どっから見ても糞だべや」

「ぐ、ぐぬぬぬぬ……。好き放題申しおって！」

かいまるがサクナの作った菓子に手を伸ばした。

「おお、かいまる。おぬしなら分かってくれるじゃろ、それが何を表しておるのか」

かいまるは高く菓子を掲げ、叫んだ。

「うんこー！」

「な⁉」

ゆいときんたが、つられて田右衛門とミルテも噴き出してしまう。

「どうやら、枇杷か糞かはっきり決まったみてぇだべ」

皆が笑っている中、ココロワは眉間に皺《しわ》を寄せる。

（な、なんて下品な……。きんたさん、あんまりです！　サクナさんが一生懸命に作ったのです。いくらなんでもそんな品のない言の葉を使うなど……）

ココロワがさすがに口を出そうかと思ったときだ。

サクナは勢いよく立ち上がると、きんたの顔に指を突き付けた。

「枇杷の実じゃ！　ええい、その口汚さを改めよ！　このきんたま！」

（サ、サクナさん⁉　サクナさんまでそんな下品な言の葉を……）

思わずココロワは顔を赤くしてしまう。

「このきんたま！　そこまで申すからには、わしよりうまく菓子が作れるんじゃろうな！」

「誰もほいな話はしてね！」

「ほう、わしに負けるのがよほど怖いと見た」

「あん？」

言い争うサクナたちにココロワは困惑し、おろおろしながら宥《なだ》めようとする。

「サ、サクナさんも、きんたさんも……落ち着いてください！」

だがそんなココロワの言葉は全くもって耳に入っていないようで——。

きんたもまた、席から勢いよく立ち上がった。

「サクナ、誰がお前《め》なんかに負けるか！」

「よかろう、どちらがうまく枇杷の菓子を作れるか勝負といこうではないか！」

「望むとこだ！」

囲炉裏を挟み、二人の視線が交錯する。

ココロワは、その間でばちばちと火花が鳴っているような気さえした。

「お菓子作り対決……面白そうっちゃ！　おらもやるお」

「ふむ……それでは某も参加してよろしいですかな」

「あい！　かいまるも！」

「ええい、よかろう。ココロワ、おぬしらも加われ！」

「わ、私もですか⁉」

いつの間にかとんでもないことに巻き込まれている気がする。

「ここらで白黒はっきりさせようではないか。誰が一番にうまいのかをな！」

「わたしもサンカしまーす！」

「おぬしは審査じゃ！　出たら一人勝ちしてしまうからの」

「O……ザンネンです」そこでミルテは顔を明るくする。「そうです！　作るのはビワイガイにしては、どうでしょう？」

「枇杷以外じゃと？」

「ヤナトのシキ、タクサンあります！　ミンナ、ジユウに作るのがいいです」

「ふむ」田右衛門が顎を撫《な》でる。「確かにそれなら幅が出て、皆の色が見られますな」

「おいらはそれで構わねぞ」

「わしも異論はないぞ。決戦は一週間後！　『片恋物語』千二百巻を読むうちに養われたわしの類いまれなる想像と感性、そして豊富な語彙を見せつけてくれるわ！」

（サ、サクナさん！　その言い方だと先ほどの下品な言葉遣いも『片恋物語』から学んだような印象になってしまいませんか⁉）

場の盛り上がりに疲れたココロワは、タマ爺の方を向いた。

「タマさん。なんだか大変なことになってしまいましたわ」

「……ここではおひいさまときんたの言い争いは日常茶飯事にございます」

「ええ⁉　そ、そうなのですか……。でもさすがにあのような下品な言葉遣い……」

「それも日常茶飯事なのですじゃ……」

「ええ⁉」

「再三お諫《いさ》めしておるのですが一向に直してくださらず……」

「苦労されているのですね……」

都では体験したことのなかった騒々しさだ。サクナときんたが横でなおも争い続けている中、ココロワは首を傾げる。

（しかし……一体どのようなものを作りましょうか？）

4

「ココロワよ、明後日《あさって》はもう何を作るか決めたか？」

サクナからそう問われ、ココロワは田打車を操る手を止め、額の汗を拭う。笠《かさ》を被《かぶ》ってもなお、照り付ける陽光は熱かった。

「いえ、それがまだでして……。サクナさんはもうお決めになったのですか？」

「何一つ決めておらん！」サクナは腰に手を当て、胸を張った。「ま、いくらなんでもきんたには勝てるじゃろ。奴め、ろくに料理をしたこともなさそうじゃしの」

「おひいさま、人のことをとやかく言えるほど経験があるわけでは……」

ココロワは顎に手を当て、少し考え込む。

「しかし、きんたさんは手先が器用です。前もミルテさんのために精巧な簪《かんざし》を作ったとお聞きしました。彼の打つ装備も優れた意匠ですし、よいお菓子を出してきそうですわ」

「むう……言われてみれば、確かにあやつの作る簪も装備も優れておる。ええい、ココロワよ。この後は軍議じゃ！　何を作るか話し合おうぞ！」

家へと戻ったサクナたちは調理場を借りた。ココロワたちはミルテから教えてもらった通りに、小豆を茹《ゆ》で、砂糖と混ぜながら木べらで潰して餡を作っていく。次に、餅米から作った白玉粉に水を入れて練っていった。ココロワは形を作り、湯の中へと投じた。茹でた白玉を横たわらせ、組み合わせていき、最後に餡で目を付けた。

「ひとまず完成ですわ」

「おお、これは機巧兵ではないか！」

「は、はい。分かるでしょうか……？」

作り上げたのは白玉でできた機巧兵だ。楊枝で文様を入れ、さらに仕上げていく。

「小さくてもしっかり分かるぞ。愛嬌《あいきょう》のある顔をしておるし、今にも動き出しそうじゃ」

「ありがとうございます。……でも、きっとこれでは駄目なのだと思いますわ」

「なんでじゃ？　十分にうまいではないか！」

サクナはさっそく機巧兵の頭を摘まんでいた。

「……機巧兵が季節物ではないからです」

「一年を通してある菓子も多いじゃろ。おぬしらしさが出ていてよいと思うがの」

「そう仰っていただけるのは嬉《うれ》しいのですが……ただやはり、私はこのヒノエを表すお菓子を作りたいのです」

折角、四季の彩りが美しいヒノエにいるのだ。ミルテの枇杷のように、季節の物を出したいという思いがあった。

「まあ、おぬしが納得いくのが一番じゃ。さて……わしはどうしたものか。あれにするか、それともこれにするか悩むのう」

「その様子では……たくさん作りたいものがあるのですか？」

「どうも目移りしてしまってな。あれもこれも入れたいんじゃが……」

ココロワたちで悩み続けるも、考えはまとまらなかった。

5

翌日は朝早くから雨がごうごうと降っていた。

「稲が心配です。田圃《たんぼ》の様子を見てきますわ」

ココロワは菅笠《すげがさ》と蓑《みの》を身に着けて田圃へと赴く。道中で、梔子《くちなし》や紫陽花《あじさい》の花が目に入る。

紫陽花の葉を見ると、蝸牛《かたつむり》が何匹も乗っている。

（季節物ならばこういうのもよいかもしれませんね。蝸牛は少し食欲が減退するような気もします……。しかし紫陽花や梔子は表現が難しそうです）

簡単な形状の枇杷でさえあの調子だ。紫陽花ともなればさらに難しいだろう。

（そもそも私は菓子作りの知識さえ乏しいです。作れるのはミルテさんから教えていただいた練り切りや饅頭《まんじゅう》、羊羹などが関の山です。何を作りましょうか……あら？）

田圃が見えると、ココロワはすぐに異変に気付いた。水は濁り、かさが増している。

「いけません……！」

水路から溢《あふ》れてしまったようだ。急いで門を開けて水を逃そうとする。だが、畦《あぜ》に繁茂している露草で足が滑った。ココロワは田圃の中へと倒れ込む。

「きゃっ！」

泥水が口の中へと入ってきた。水深は浅いのに着物が水を吸い込んでしまい、重くて立ち上がれない。次々と水を飲み込んでしまう。

（……！）

畦はすぐそこなのに登ることができない。そのとき、遠くから何かが近づいてくるのが見えた。雨の中を真っすぐに進み、赤に輝くそれは――。

「ココロワよ、手を伸ばせ！」

なんとか上へと伸ばしたココロワの手を、サクナががっちりと摑んだ。そのまま畦へと引き上げる。ココロワはげほげほと咳《せ》き込んだ。

「サ、サクナさん、どうしてここに……」

「水かさも増しておるし、おぬしが心配になってのう」

「い、稲が……流れて……」

「安心せい、わしがやっておく」

サクナが水尻の門を開け、水を逃していくと、徐々に水位は下がっていく。

「はぁ……」

ココロワは落ち着きを取り戻していた。稲の様子を確認する。大雨で流されてしまったかと思ったがどれも無事だ。もう十分に分《ぶん》けつしており、根も張っているためだ。

（あんなに小さかったのに、本当に随分と大きくなって……）

機巧とは異なり、生物は育っていく。また違う愛着が湧いてくる。まさか自分がここまで稲に一喜一憂することになるとは稲作をするまでは思ってもいなかった。

遠くで稲妻が走り、ややして雷の音が響く。

それが契機となってか、ココロワの脳裏にある閃《ひらめ》きが生まれた。

（……そ、そうですわ！）

「ココロワよ。取り敢《あ》えず峠へと戻ろう。風邪を引くぞ」

「サクナさん、私……決まりました」

「ん、何がじゃ？」

「明日、皆さんに出すお菓子です。明確に作りたいものができましたわ！」

6

その翌日——開催日当日。

夕刻になり陽《ひ》も沈み始めた頃、サクナたちは囲炉裏の周りに集まっていた。

「それでは皆の者、用意はしてきたな」

胡坐《あぐら》をかき、どっしりと構えたサクナに、一同はこくりと頷《うなず》きで返す。

「さあ、それでは始めるぞ！　泣いても笑ってもこれで決まりじゃ。どやつが一番優れた菓子を生み出せるか！　さて、一番手は誰かのう」

「言い出しっぺのお前《め》から見せるでねか？」

「わしを一番先にしてしもうたら、おぬしらが縮こまってしまうかもしれんからのう」

「何いってんだ、がっかりの間違いだべ」

「なんじゃと！」

「サクナさん、きんたさん……！」

「ほいじゃ、おらから出しす」

立ち上がったのはゆいだ。ゆいは調理場へ行くと、盆を持ってきた。出したものは餡が載った団子だ。一見なんの変哲もないが、ココロワを含め一同はどよめきの声を上げた。

一番手　ゆい

「これは……ゆいさんが織ったのですか？」

皿の下には織物が敷かれていた。描かれているのは色鮮やかな紫陽花や梔子の花である。なんの変哲もない簡素な団子だが、織物がそれらを鮮やかに見せている。

「ん。初めは色々とお菓子を考えたけど浮かんでこなくて。ほいで、おらにできるのはこいづしかねえと思いすた」

「おぬし、初《しょ》っ端《ぱな》から搦《から》め手できおったな」

「それにしても見事なものだ。団子など誠に梔子の芳香さえしそうではないか」

「こ、これは……！」

ココロワは皿をどけ、敷物を手に取った。滑らかな感触が手を包む。ここまで上質な織物は都でも終《つい》ぞ見かけた覚えがない。ココロワは織物から顔を上げ、ゆいを見つめた。

「ゆいさんには以前もお尋ねしましたが……これは一体どのような糸を使っているのでしょうか。都でも出所を調べたのですが結局分からずじまいで……」

ゆいの使っている糸は、神気の通った特殊なものだ。是非とも出所を知りたいが、ゆいは決して答えてくれない。機織り小屋に衝立《ついたて》があるのと関係しているのだろうか。

「ま、前も言ったっちゃ。ほいは内緒だおん！」

「そこをなんとかお願いします……！」

ぐっと前に乗り出したココロワを、サクナが引き留める。

「ま、まあココロワ。またの頃合いでよいではないか！　今は菓子の話じゃぞ」

「はっ！　そ、そうですわね……。失礼しました。つい興奮してしまいまして」

「……サクナ、お前《め》何をほいなに焦ってんだ？」

「あ、焦ってなどおらぬわ！　ゆいのこととは全く関係がないぞ！」きんたに対して、サクナが何か誤魔化すように怒鳴りつける。「それでは次！　誰が行く⁉」

「……別にもたせぶるほどのもんでもね。おいらがいく」

「ほう、きんたか。よし、見せてみよ」

「なんでほいなに偉そうなんだべ。ほれ、おいらのはこいづだ」

二番手　きんた

きんたの出したものを見て、サクナは眉を顰《ひそ》める。

「名づけるなら……ほだな。鞘団子《さやだんご》でどうだべ」

「鞘ぁ？　普通のみたらし団子ではないか」

供されたのは、人数分のなんの変哲もないみたらし団子である。平たい鉄串に、三つの団子が刺さっている。

「確かに旨そうじゃが……。さてはおぬし、勝負を諦めたか！」

「いいから黙って食え。話はほいからだべ」

「ほう。味によほど自信があると見える。どれ、いただこう」

サクナたちは団子に手を伸ばした。ココロワは串を手にした瞬間、違和感を抱く。

（もしやきんたさんの考えていることは――）

「む、これは……！」団子を口に含んだサクナが叫ぶ。「……普通の団子ではないか」

ココロワも団子を一口食べる。みたらしの甘じょっぱさが利いており美味しい。

「なんじゃ、確かに旨いがやはり普通の団子ではないか！」

叫ぶサクナの傍らで、ココロワは真ん中の団子をいただいた。

「……なるほど。きんたさん、そういうことなのですね」

「お、気づいたか」きんたがにやりと笑う。

「なんじゃココロワ、どういうことじゃ」

「確かに団子自体は普通のものです。ですが、きんたさんが手を加えたのはそこではありません。みたらし団子にした理由、それは串ですね」

「あ！」団子を二つ食べたゆいが叫び声を上げた。「見てほしいっちゃ。こい、串さ絵が描いてある。紫陽花だねえ？」

「私の串にも描かれていますわ。これは……燕《つばめ》でしょうか？」

団子の下から姿を現したのは綺麗《きれい》な絵だ。串が平たく、鉄製だったのはこれが理由だろう。鉄絵を用いて、食べると出てくる仕掛けになっているようだ。

「おいらには菓子のことは分かんね。ほだから串ば作って、団子ば刺したんだ」

「それ故に鞘か。自らの得意とする分野で勝負に持ち込んだのだな」と田右衛門。

「む、ううう。わしのに描かれているのは杜若《かきつばた》か」サクナは自分が持っている団子の串を見つめて呟いた。「ぐ……悔しいがおぬしもなかなかやりおるのう」

「ま、こいなもんだべ」

「ええい！　ならば次はわしじゃ！　見ておれよ、わしのを見たらぶったまげるからの！」

調理場へと駆けていくサクナの後ろ姿を見て、きんたが呟いた。

「あいつ、本当《ほんと》に料理なんかしてんのかや？　今日もどこかさ出かけてきて、帰《けえ》ってきたのだってついさっきだったでねか」

確かにきんたの指摘した通り、昼間に皆が料理をしている中、サクナは出かけていた。

とても手の込んだものを作れる時間があったとは思えなかったが……。

三番手　サクナ

「皆の者、これがわしの菓子じゃ！　サクナヒメ特製削氷《けずりひ》、存分に堪能するがよい！」

サクナが持ってきたのは人数分の椀《わん》だ。ココロワが覗《のぞ》き込むと、目に入ったのは黒い餡。

その下には苔《こけ》のような緑の抹茶。さらに、真っ白い雪のような削氷だ。

「先ほど洞穴の奥の方から氷を運んできての。氷室もないから苦労したわい」

ココロワはじっくりと削氷を眺める。

「なんというかこれはまるで――」

削氷はただそのまま椀に入っているのではなく形を整えられている。向かって左下はへこみ、右は一部分が高くなって凹凸がついている。

「この形……サクナさん、これはもしやヒノエ島ではありませんか？」

「その通り！　これは島を模したものじゃ」

田右衛門たちも「島！」と驚きの声を上げる。

「いや、色々と考えたのじゃ。季節のものといえばたくさんある。筍《たけのこ》に紅花《べにばな》、蟷螂《かまきり》に菖蒲《しょうぶ》、だがその全てはとても表せん。だからこうしたのじゃ」

ココロワは思い出す。サクナはどれを題材にするか決めかねていると言っていた。そこで彼女が選んだ解決策とは全てを――島そのものを表現してしまうことだったのだ。

「いや、これはお見事ですな。感服仕《つかまつ》りました」

皆がサクナを褒め称《たた》える中、きんたは一人だけ怪訝《けげん》な表情を浮かべていた。

「ほいなこと語って……実はこさえるのが面倒だったからでねか？」

「な、ななな何を言うかおぬしは！　そそそ、そんなわけあるか！」

「おひいさま。声に動揺が表れておりますぞ」

「ええいタマ爺、うるさいわ！　いや、まあ多少はの？　多少はあるが多少じゃぞ！」

「やっぱすか」きんたは削氷を口へと運びながらぼそりと呟く。「……ま、お前《め》も思ったよりやるでねか」

「お、なんか言ったか？　んん？」

「な、なんも語ってね！」きんたは気恥ずかしそうに顔を逸《そ》らす。

「ふん。まあ、わしが本気を出せばざっとこんなものよ！」

サクナは得意げに鼻を鳴らす。

「さて残すは――ココロワよ。おぬしはどうじゃ？」

「え、わ、私ですか」

「ココロワ様は器用だし、きっととても綺麗な物を出してくれるんしゃね」

ゆいは期待のこもった目でココロワを見つめている。

「わ、私は……」

「ココロワ様?」と田右衛門が問いかける。

ゆいも、きんたも、サクナも皆、素晴らしい物を出してきた。そんな中に自分が果たしてこんな物を出してもよいのか、不安になってしまう。

そのとき、大きな胴間声が響いた。

「お待ちください! 先に某が作ったものをお見せしましょう!」

四番手　田右衛門

田右衛門が差し出したのは皿に載った胡麻団子《ごまだんご》だ。ただし――。

「おい、なんじゃこの大きさは。まるで握り飯ではないか!」

「いやいや、某は常々思っていたのです。点心は確かに美味ですが、量が少なすぎると。それで、では大きな点心を作ってみようと思い立ちまして」

「ほいな量は食えせんね……」

「ううむ、団子というより餅を食ってる気分じゃな」

「食べると力がツきそうでーす！」

「焙烙火矢《ほうろくひや》みてえだっぺ」

「ふむ、それでは田右衛門特製の爆弾団子とでも名付けましょうか！」

「まんまではないか！　物騒な名前じゃのう」

わいわいと言いあっているサクナたちを見て、

「……ふふっ」

とココロワは思わず笑ってしまう。先ほどまで恥ずかしがっていた自分がおかしく思えてきた。サクナたちの前に出すことをなぜ怖《お》じる必要があるのだろうか。

「サクナさん、次は私が出してもよろしいでしょうか？」

「もちろんじゃ！」

五番手　ココロワ

「それでは……私のはこれですわ。ヒノエ羊羹です」

ココロワの羊羹には何本もの青ざしが添えられている。青ざしとは煎った青麦を臼でひいて糸のようによったものである。ココロワは青ざしに草を練り込んで青くしていた。また、羊羹の脇には山桜桃梅の赤い実が一粒置いてある。

「ほう！　これは綺麗な飾り付けですな」

それを見て、サクナはすぐに気づいたようだ。

「なるほど。ココロワよ、これは田圃ではないか！」

「はい。……やはりこのヒノエで、私にとって印象に残っているのはこれだったので」

思い付いたのはつい昨日だ。濁流にも流されず、逞《たくま》しく育ちゆく稲。そして、何より決め手となったのは——。

「ふむ、実に見事ではありませんか！」

田右衛門も感心しているようである。

「そんな……青ざしの大きさもまちまちですし」

「田圃も日当たりによって稲の育ちようは変わるしのう。よい味を出しておるではないか。

さっすがココロワじゃ！　ところで、この傍らの山桜桃梅は何を——」

「あーい！」

と、そこでかいまるが大きく手を挙げた。

隣にいるミルテがかいまるの手を取る。

「ジツは……ミルテとイッショに、かいまるも作っていまーす！」

「おお、なんと！　そうであったか！　うむ、ぜひ見せてほしいぞ」

六番手　かいまる

かいまるがとてとてと運んできたものを見て——サクナたちは沈黙する。

皿の上を見て、ぼそりときんたは呟いた。

「今度こそどうみても糞にしか見えねえべや」

恐らく、きな粉をまぶした団子なのであろう。しかし、その色合いと形はどこからどう見ても動物の糞にしか見えない。

「お、おい！　かいまるが一生懸命作ったものに失礼なことを言うではないわ！　よ、よくできとるではないか。木の根か何かじゃろ。なあ、かいまるよ、これは——」

かいまるは手を上げ、満面の笑みで叫んだ。

「うんこ！」

「やっぱす糞でねか⁉」

「さ、最悪じゃ……！」

一同はどっと笑いに包まれた。

下品な話題とは分かっていながらも、ココロワもつられて思わず笑ってしまう。発端はサクナときんたの勝負であったことなど、今や誰もが忘れ去っているようだった。

（発端はサクナさんの作ったお菓子。それがきっかけで、皆さんお菓子にここまで力を入れて……私も含めてですがなんと馬鹿らしいのでしょう）

少なくとも都では、こんな騒々しい集まりはなかった。

（確かに馬鹿らしい……それでもなんと心地がよいのでしょう……）

と、そのときである。戸口の方から一筋の光が飛び込んできて、菓子の皿の上に乗った。

赤と黒の体をした蛍である。

「なんじゃ、甘い菓子にでも誘われてきたか？」

日も暮れて、外は夜闇に包まれていた。その中に幾つもの蛍の緑がかった光が浮かび、明滅を繰り返している。

ココロワにはそれがどこか儚《はかな》く、幻想的な雰囲気に思えた。

「折角じゃから、縁側にでも座って食うかのう」

サクナの言葉をきっかけに、皆は外へと出ていく。ココロワは縁側に腰かけた。吹き抜けていく夜風を肌に感じて涼んでいると、隣へサクナがやってきた。

「そういえばココロワよ。おぬしの菓子について一つ聞きたいことがあっての」

サクナが手にしていたのはココロワの蒸羊羹だ。傍らには山桜桃梅の実が置いてある。

「この実は何を表しとるんじゃ？　田圃に赤いものなんてあったかのう？」

「え……。そ、それは……」

「む、ココロワよ。どうして顔を逸らす？」

「……」

じっと見つめるサクナに耐え切れず、ココロワは田圃の方を向いてしまう。ふと、一匹の蛍がこちらへと向かってきて、ココロワの頭に留まった。

それを見て、サクナはぽんと手を叩く。

「おお、そうか！　分かったぞ！　これは蛍じゃな！」

「え？」

「蛍の赤い胸を表しておったか！　尻ではなく胸を表すとはやりおるのう！」

「は、はい。そうなのです！　はい！」

ココロワは誤魔化すように何度も頷いた。

気恥ずかしくて本音は口にできなかった。ココロワが表現したかったものは稲の生育――だけではない。あのとき、溺《おぼ》れかけていたココロワを助けてくれた――いや、このヒノエで稲作を始めてからずっと支え続けてくれた彼女を表現したかったのだ。

真っ赤な山桜桃梅は、その彼女がいつまでも傍《そば》にいることを願ってのものだった。

晩夏

1

「あら……」

ココロワが摑《つか》んだ蛙《かえる》は元気よくもがき、手の中から飛び出した。隣にいるサクナの首筋にぴょんと飛び乗る。

「うひぃ〜っ！　な、なんじゃなんじゃ！」

「す、すみませんサクナさん！　蛙がうなじに……！」

「蛙じゃと！　ぬるぬるは嫌いじゃというのにーっ！　ゆい！　取ってくれ！」

「神様じっとして……あ」

「うひっ！　な、なんじゃこの感触！　もしや！」

「ごめんなすてけらいん神様……背中《しなか》に入ったたっちゃ」

今にも降り出しそうな雨雲の下に、サクナの大きな悲鳴がこだました。

「え、えらい目にあったわい……」

サクナ、ココロワ、ゆいとかいまるは麓にある小川近くへやって来ていた。本日の目的は田圃《たんぼ》へと放つ生物の採取であり、皆は腰に籠をぶら下げている。

「蜘蛛《くも》に蛙に田螺《たにし》、蟷螂《かまきり》など……。これらを捕まえて田圃に放てばよいのでしょうか？」

腰をかがめて小川を覗《のぞ》き込むココロワに、サクナが頷《うなず》く。

「うむ、そうじゃ。田圃は多くの生き物で成り立っておるからのう。こやつらが欠かせんぞ。害をなす虫なんかも食うてくれるから、こまめに捕まえて放つとよいぞ」

ココロワからすれば、蜘蛛は見た目からして害虫のように思えてしまう。

（蛙はすぐ逃げてしまいますし、田螺くらいなら私《わたくし》でも……）

ココロワは田螺を見つけ出そうと目を凝らしたが、なかなか見つけだせない。横では袖を捲《ま》くったゆいが、次々と蛙を捕まえていく。ゆいの籠は数多《あまた》の蛙でひしめいている。

「ゆいさん、すごいですね。何かコツなどあるのでしょう？」

「こつ？　おら、昔からこういうの得意だっちゃ。虫や魚を見つけるの」

その姿を見て、ココロワはある姿を思い浮かべる。今朝、ココロワの水田にやって来ていた一羽の白い鷺《さぎ》。長い嘴《くちばし》で田を突く様にそっくりなのだ。

「……ゆいさん。ふと思ったのですが、まるで鳥のように華麗な捕らえ方ですね」

「え、ええ⁉」

ゆいが珍しく蛙を取り逃す。こちらを向いた彼女の顔はどことなく焦っているようだ。

「お、おらは別に全然、鳥なんかじゃねえすよ！」

「そこまでは言っておりませんが……。あ、そういえば、ゆいさんに織っていただいた着物、材質がどことなく鳥の羽毛に似通っているような……」

ココロワが自らの着物を触っていると、

「コ、ココロワーッ！」

突如、ゆいとの間にサクナが滑り込んできた。

「ど、どうじゃ⁉　順調かの！　おお、そこそこ獲《と》れているではないか！」

「でも、ゆいさんほどではございませんわ。それで着物の話に戻しますけれど――」

「ゆ、ゆいよ！　蛙があっちにわんさかおったぞ！　行こうではないか！」

「う、うん！　神様、行くっちゃ！」

「あ、サクナさん！　ゆいさん！」

ココロワの制止の声も聞かず、サクナとゆいは逃げるように離れていく。不審な態度を頭の片隅に留めながら、ココロワは採取を再開した。

（しかし、害をなす虫ですか……）

サクナは害虫を気にかけていたようだが、ココロワとしてはあまり心配していないというのが本音だ。田圃で厄介なのは雑草であって虫にはそこまで困らされていない。

しばらくすると、頬に冷たい感触が走った。小川の水面に、ぽつぽつと一気に波紋が広がり始める。サクナたちも向こうからやってきて、笠《かさ》を被《かぶ》り慌てて峠へと戻る。

ヒノエでも梅雨に入り、長いこと雨続きだった。空には昼夜を問わず暗雲が垂れ込め、太陽も月も拝むことができない。

もちろん作物にとっては恵みの雨であり、河童《かっぱ》は大いに喜んでいるし、日中は涼しく活動しやすい。だが、ココロワの持ち込んだ農書は湿気でやられる始末である。

（本と言えば……小説の方も……）

ココロワは静かに息を吐く。近頃の悩みの種だ。

都から帰って決意を新たにしたココロワは、倉で密《ひそ》かに執筆に着手していた。このヒノエで自らが学んだ、稲作を題材とした物語である。ウケタマヒメの『四季草子』から学んだように、実体験を含めて物語に落とし込もうとしていた。だが、書いていてもどうも乗り気になれず、途中で筆が止まってしまう。結局、最後まで書ききることができず、倉の隅には書きかけの小説が放置されていた。

（すぐに新刊が出ます、と宣言しておきながら……情けないですわ。稲作も、小説も、絶対に成功させてみせます！　サクナさんに喜んでもらうのです！）

ココロワは気合いを入れるように、自らの頬を軽く叩《たた》く。

2

梅雨が明けたのはそれから、一週間以上も経《た》ってからだった。

「……気持ちいいです！」

ココロワは燦々《さんさん》と降り注ぐ陽光に手をかざす。白南風《しらはえ》は暗雲を吹き飛ばし、輝くような青空が広がっていた。稲の草丈は優に二尺を超えている。

「中干しの具合はこのようなものでよいでしょうか、田右衛門《たうえもん》さん？」

「はい。よい塩梅《あんばい》かと思いまする。そろそろ入水の頃合いかと」

本日サクナは別の用件があるため、ココロワは田右衛門に付き添ってもらっていた。

田圃に水は張っておらず、土面には軽いひび割れが入っている。中干しは田圃から水を落として地表を乾かす作業である。水を張り続けていれば稲は分けつして茎数を増やしていく。それを抑えるために梅雨の最中から始めていたのだ。

「茎が増えればそれだけお米ができてよさそうなものですが……」

「某《それがし》らも同じことを考えたことがありまする。しかし、そのとき作った米はみんな小粒にございました。どうも育つ力が分かれてしまうためではないかと。適度に茎の数を抑えれば大粒のよい米ができます。土も硬くなるため、稲刈りもしやすくなりまする」

「稲刈り……」

ココロワは稲の葉を手に取る。濃い緑色で、田植え時とは比べ物にならないほど逞《たくま》しい。

「ここまで育てばあとはもう稲刈りまで一直線ですね！」

意気揚々と言うココロワだが、田右衛門は珍しく浮かない顔をしている。

「もちろんそううまく運べばよいのですが……大変なのはこれからかもしれませぬぞ」

「といいますと……？」

「暑くなれば稲もぐんぐんと育ちまする。……ですが育つのは稲だけではありませぬ」

そこで田右衛門は稲の葉に手を伸ばす。彼の手を覗き込んでみると、指先には小さな緑色の芋虫が付いていていた。

「それは……」

「稲苞虫《いねつとむし》にござります。これだけではありませぬ。浮塵子《うんか》に椿象《かめむし》など、何処《いずこ》から田に大量の虫が現れるのです」

「虫……ですか」

サクナも虫のことを案じていた。どうやら稲作では虫はよほど障害になってくるらしい。

炎天下での農作業を終え、家へと帰る頃には酷《ひど》く疲れていた。倒れるように縁側に座り込む。猫がいたので腹を撫でると、気持ちよさそうにごろごろと喉を鳴らした。

目の前には、綺麗《きれい》な神田が広がっている。雑草は生えておらず、畦《あぜ》は整えられており、稲自身も丈夫そうで、葉は青々として風にそよいでいる。とても穏やかな時間だった。

そのまま休んでいると、峠道からサクナとタマ爺《じい》が姿を現した。

「ふう、くったくたじゃ……」

「サクナさん、お疲れ様です。お召し物が真っ黒ですね……。本日はどちらへ？」

「落石口《らくせきぐち》の方へ宿火《やどりひ》の眼《まなこ》を探しにな」

「落石口ですか⁉　それはまた……随分と危ないところに」落石口は火山の近辺で、有毒な気体も発生していると聞く。「それに宿火の眼？　どうしてそのようなものを……？」

「肥に混ぜると虫を抑える力があるんじゃ。まあ今回は空振りじゃったが……」

ココロワは、目の前にあるサクナの神田へ目をやる。

「神田は手入れも行き届いています。こんなにも綺麗ならば、虫も心配ないのでは？」

「いや、ココロワよ、それはまだ分からんぞ。草は手取りで対処できるが虫にはそれが効かん。突如としてやって来ることもある。念を入れ過ぎるということはないぞ」

「そんなに恐ろしいものなのですか……」

虫の恐ろしさは夕餉《ゆうげ》の席でも話題になった。主菜は田右衛門が釣ってきた鱧《はも》である。体長三尺を優に超える大物だ。鱧の天麩羅《てんぷら》は身が締まっており美味だ。

「サクナ様の申すように、虫は恐ろしいものにございまする」田右衛門は飯をじっと見つめながら言った。「某の生まれる前の話になりまする。それはもう過去にも例を見ないほど酷い飢饉《ききん》が起こったそうです。皆、骨と皮だけのように痩せ細り、何万もの人々が倒れたと聞き申しまする。その原因もまた虫。原因は浮塵子にござりまする」

囲炉裏《いろり》の火がぼんやりと田右衛門の横顔を照らし出している。いつもの柔らかな表情とは違い哀愁が漂っているような気がココロワはした。

「浮塵子……ですか。あの田圃で偶《たま》に見かける、小さな……」

「一匹一匹は小さな羽虫。ただ、集まれば話は別にございます。浮塵子が増えれば、坪枯れが起こって稲は駄目になりまする。百姓には十分な蓄えもありませぬ。税で米は取られ、日々の生活では満足いくほど飯も食べられませぬ。そこに飢饉が起これば もはやどうしようもなく――」

ミルテも消沈した様子で呟《つぶや》くように言う。

「……わたしのタビしてきた国でもありました。ソの国ではバレイショがシュ食でした。

あっというマにヤマイがヒロがり、食べモノはなくなりました。ヤせた人のスガタ、タクサン見ました……」

「ヒノエでほいなこと起こったら、おらたちどうなるっちゃね……」

ゆいの言葉に一同は箸を止めた。食事を前にして、重苦しい雰囲気が流れる。

（虫のこと……この前も蛙などを獲りに行きました。サクナさんも折に触れて虫のことを言っていますし、本当に大変なのでしょう。ただ――）

沈黙している皆に対し、ココロワは思い切って告げる。

「皆さん。虫が出てもなんとかなるのではないでしょうか」

視線が一斉にココロワへと注がれる。

「ほいは、なしたってや？」

きんたの言葉に、ココロワは胸を張って告げる。

「だってここにはサクナさんと私……豊穣神《ほうじょうしん》と発明神の二柱《ふたはしら》が揃《そろ》っているのです。私たちがいればどのような問題も乗り越えられます。何も恐れることなどありませんわ」

ココロワの言葉に皆はぽかんと口を開けていたが、やがて大きな声で笑い出した。

「うむ……そうじゃのう！　わしとおぬしがいれば何を恐れることがあろうか！」

「神が二柱……これほど頼もしいことはございませぬな！」

「そうじゃ、もっと感謝してもよいのじゃぞ。供え物でもせんか」

サクナはにやりと笑って田右衛門の腹を小突いている。

「お前《め》に供えても、ただ飯になるだけでねか？」

「誰がただ飯食らいじゃ誰が！　全く……確かに虫は恐ろしいが、今は飯時じゃ。こうして飯にありつけることに感謝して、たらふく食おうぞ！　天麩羅が冷めてしまうわ！」

「……はは、そうでござりまするな。いや、本当にありがたいことです！」

田右衛門は大きな口を開け、鱧にかぶりつく。

サクナたちの様子を見て、ココロワは微笑《ほほえ》む。自分たちならばどんな困難でもきっと乗り越えられる。大龍《オオミズチ》による危機さえ乗り越えたのだ。病害虫もなんとかなるに違いない。


夕餉の後、ココロワは縁側に座っていた。空には半月が煌々《こうこう》と輝いている。

（……はあ。小説の方はどうしましょう）

相変わらず、進捗は芳しくない。どうも思うように筆が進まないのだ。

（稲作の方は順調ですのに……。こんなにも書けなかったことは今までも——……!?）

ぞくりと、背筋が粟立つ感覚。

夜空を見上げる。月を背に何か浮かび上がっている。

細く、黒く、空を舞い上がるそれは――。

（あれは……龍⁉）

空に見えたのは黒く、細長い、大龍にも似た何かだ。長らくこの地に眠っていた獣を鬼へと変貌させていた元凶。ただし、それはサクナに倒されたはずだが――。

（だ、だとすれば復活を⁉）

ココロワは急いで寝屋へと駆けこんだ。サクナは机の上に『片恋物語』を広げていたが、腕を摑んで無理やり外へと連れ出す。

「なんじゃ、どうしたココロワよ。そろそろ床に就こうと思っておったんじゃが……」

「あ、あれを！　空を見てください！　あそこに大龍が！」

ココロワは慌てて空を指さすが、サクナは首を傾《かし》げる。

「大龍？　そんなのどこにもおらんではないか？」

「あ……あれ？」

夜空にはただ月が浮かんでいる。反対方向を見るもやはり姿はない。静かな夜だった。

「大龍はわしが確かに討ち果たしたぞ。夢でも見たのではないか？」

「え、ええ。すみません。それならよいのですが……」

「ふあ……わしはもう寝るぞ。ココロワ、おぬしも早く床に就いた方がよい」

「は、はい……そうですわね」

頷きながらもココロワはやはり、妙な胸騒ぎを覚えていた。

3

ココロワの胸騒ぎとは裏腹に、ヒノエでは穏やかな日々が過ぎていった。青空には山の峰のように入道雲がそそり立ち、油蟬《あぶらぜみ》の声がやかましいほどに響いている。稲はどっぷりと水に浸《つ》かっており、草丈はさらに大きくなった。風が吹くと、青田は葉擦れの音を立てて揺れる。出穂《しゅっすい》も間近に迫っているようだ。

ココロワは木陰でミルテから持たされた握り飯を食べると、立ち上がった。

「そろそろ……草取りの続きを始めませんと」

傍らに立てかけてある菅笠《すげがさ》を被り、降り注ぐ真っ白な陽光の下へと出る。放棄田だっただけあって、神田では見かけない蒲《がま》なども次々と生えてきて、その対処に苦労していた。矢じり形の葉をした面高《おもだか》を引っこ抜く際に、泥が辺りに飛び散った。頰にかかった泥を、手の甲で拭い去る。

（最初は泥が飛び散るのさえあんなに嫌でしたのに……慣れるものですね）

ゆいに織ってもらった着物は、泥塗《まみ》れだ。だがそれは汚れではなく、ここまで精一杯稲作に取り組んできた勲章のようにさえ思える。

「さ！　もうひと踏ん張りです！」

草を抜いていると、ココロワの顔によく虫が当たってきた。浮塵子だ。目の中に飛び込んできたときは大変で、小川で顔を洗わなければならなかった。

（なんだか……急に数が増えてきたような……？）

三日して、田圃に水を入れに来たココロワは、稲の様子を見て目を輝かせる。目に見える変化があったのだ。

「稲が出穂していますわ！」

稲の葉の下から出ているのは、まだ青い稲穂だ。ちょこんとしており、とてもかわいらしい。これから次々と稲穂が伸びてくるのだろう。

「サクナさんにもお教えしませんと……」

峠へ続く道を行くと、丁度向こうからサクナがやって来た。

「サクナさん！　聞いてください、田圃で――」

「なんと！　おぬしの田圃もか⁉」

「はい！　ぜひ見にいらしてください」

「そうか……。まったくえらいことになったのう」サクナは顔を顰《しか》めている。

「……えらいこと、ですか？」

出穂は喜ばしい出来事のはずだ。なんだか微妙に話が食い違っているようだ。

「ココロワ、おぬしの田圃はどれくらい害にあった？」

「害……と申しますと？　私は出穂したことをお伝えしようと……」

「なんと！　そうか、それではおぬしの田は無事なのだな。よかったぞ」

不穏な単語がサクナの口から出る。

ざわりと胸騒ぎがする。

ふと辺りに影が射《さ》した。空を見上げると太陽が雲に隠れている。

ココロワの頬をつぅと一筋の汗が流れ落ちる。

「教えてくださいサクナさん。向こうで一体何があったのですか？」

「麓の田の一つに兆しがあっての」

サクナは顔を顰めていた。今までにない重苦しい表情を浮かべている。

「――坪枯れが起こったんじゃ」

畦には河童たちが横一列に並び、アシグモまでやって来ていた。こちらを振り向いた河童の顔は悲しそうだ。青々とした田圃の中央に、円状に黄色くなっている箇所がある。

「あれが坪枯れなのですか？」

ココロワの問いに、田右衛門が厳かに頷く。

「まだ出始めにござりまするが。浮塵子が付いた稲が立ち所に枯れ出しているのです」

「それではあの稲は……」

「出穂して間もないですし、米にはなりませぬ。いえ、それどころかこの田圃全体が害にあうやもしれませぬ……。既にあそこには多くの浮塵子がおりまする故」

「そんな……」

ここまで手塩にかけて育ててきた稲が稲刈り前に駄目になる。その事実にココロワは苦しくなり、思わず胸を押さえてしまう。

「きゅ……」

河童たちもがくりと肩を落としている。

「……少しまずいのう」

「ああ、ここまでとは……」

サクナはアシグモと、真剣な顔で話し込んでいる。

「サクナさん、何を話し合っているのですか……？」

「いや、少し気にかかっての。時期が早いのじゃ」

「早い？」

「うむ、坪枯れが起こるのは例年、今の時期から一月《ひとつき》二月《ふたつき》ほど経ってからじゃ。既に稲が十分に出穂してからじゃな。だが今回は出穂後まもなくときておる」

「確かにそうでござりまするな」田右衛門は腕組みをした。「坪枯れは、浮塵子が増えることにより起こると考えられまする。浮塵子は秋に最も増えます。ですが、この早い時期にこれだけ増えているとなれば甚だまずいかと。さらに夥《おびただ》しい数に増えるやもしれませぬ。そうなれば――」

田右衛門はそこで口を噤《つぐ》み、坪枯れしている稲をじっと見つめた。彼は何も喋《しゃべ》らない。その先を口にするのが恐ろしいとでも言うかのように。

「そうなれば……どうなるのですか？」

ココロワの問いかけに、田右衛門は心苦しそうに言う。

「今年の天穂《あまほほ》は、全滅するやもしれませぬ」

「……え？」

がつんと頭部に重い衝撃を受けた気がした。

（天穂が全滅……？）

ある不穏な想像が頭に浮かぶ。ココロワの育てた稲に、大量の浮塵子がまとわりついている。稲はみるみる朽葉色になり、萎《しお》れて枯れてしまう。麓の他の田も、峠の神田も――。

（そのようなことが起こるだなんて……）

長く管理してきたのに、こんなにもあっさりと終わってしまうものなのか。

重苦しい空気が立ち込める中、突如として――。

「どわっはっはっは！」

青空の下に大笑いが響いた。見るとサクナは相好を崩している。

「サ、サクナ様……！　一体いかがなされたのですか。ま、まさか気がお触れに……!?」

「おい、それはいつもわしが言う側じゃろ！」サクナは田右衛門の腹を小突くと、腕を組みどっしり構える。「まったくおぬしら、こんなよい天気にもかかわらず暗い顔をしおって。わしを誰だと思っておるんじゃ。武神タケリビと豊穣神トヨハナの娘にしてヒノエ島の豊穣神、サクナヒメであるぞ！　坪枯れがなんじゃ。わしらはもっと大きな苦労を乗り越えてきたではないか」

「……！」

一同は顔を見合わせる。

「確かに、これまで労を要してきたことは数多くございました。我らがこの島へとやって来たときも。噴火で田が駄目になったときも……」

「そうじゃ、それに比べれば此度《こたび》のことなど別に屁《へ》でもないわ！　それに前も言うた通りココロワもおる。こんなの困難のうちにも入らん。皆で乗り越えようぞ！」

サクナはにかっと笑って告げる。

「う、うおおおおおおおお〜っ！」

突然、田右衛門は空へと向かって熊のような咆哮《ほうこう》を上げた。近くにいたココロワは両耳を手で押さえるが、それでも耳が痛いくらいだ。

「な、なんじゃおぬしはまた急に！」

「気が触れたのではありませぬ。某は——」

「一々感極まることでもないわ！　大げさな奴《やつ》じゃのう。ほら、何をぼけっとしておる。取《あ》り敢えず坪枯れした稲を刈り取るぞ。まずは鎌じゃ。ほら、峠から取って来んか」

あれほど絶望的だった皆の顔に、生気が戻っていた。

（やはり、サクナさんがいれば私たちはなんでも乗り越え——）

ふうっ、という小さなため息《いき》が背後から聞こえた。ココロワが振り向くと、先ほどまでの笑顔とは一転し、サクナは渋面を作って田圃を見つめていた。

（……サクナさん）

一瞬だけサクナが見せた物憂げな横顔。恐らく絶望的な気持ちだったのはサクナも同じだ。だが皆を勇気づけるために、無理して気丈に振る舞っていることは予想できた。

鎌を取ってきたココロワたちは、坪枯れの出ている稲を刈り取った。その後は、春先に取っておいた茅《ちがや》の穂を使い、稲に付いている虫を叩き落とした。稲から小さな浮塵子がばっと舞い上がり、肌に触れる。野良仕事は日が暮れるまで続いた。

「これで収まるとよいのですが……」

不安げに呟く田右衛門を、サクナが笑う。

「収まるに決まっておる。アシグモらが見てくれた分には、他の田圃は大事はないようじゃしのう。引き続き力を尽くそうぞ」

「はい！　皆で乗り越えましょうぞ！」

皆の声が夕闇に響く。

そう、このヒノエには豊穣神であるサクナがいる。

（きっと明日からはもう問題ありませんわ……）

4

その二日後に、麓の別の田圃で坪枯れが確認された。稲は黄色くなり、萎れていた。発見が早期であったため、周縁部の稲を刈り取ってなんとか対処する。

さらにその二日後に別の田圃で被害が見つかった。こちらは局所的ではなく、田圃全体に広がっていた。一面が黄色くなり、踏み込むたびに大量の浮塵子が飛び交った。とても、稲の収穫は見込めない。泣く泣く、田圃全体を刈り取った。

その翌日、麓の田圃では稲《いね》に縞葉枯病《しまはがれ》が確認された。浮塵子の一種により引き起こされる病気だ。稲の出穂が抑制され、思うように生育が進まない。病気はあちこちの田圃で多発している。

そしてついに――。

「ああ……これは……」

朝、入水に来たココロワは自らの田圃を見て肩を落とす。青々と茂り、出穂している田圃。その真ん中付近が円状に黄色くなっている。ここ数日で何度も見た坪枯れだ。穂は青々としており、稲刈りにはまだ早い。今の段階で収穫しても、よい米にはならない。

「……残念じゃがこれは、刈り取るしかないのう」

「……はい」

「ココロワよ、すまなんだ……」

顔を伏せ、サクナが謝罪する。

「ど、どうしてサクナさんが謝るのですか。これくらい平気ですわ……！」

サクナの言葉もあり、ココロワはその日のうちに田の一画を刈り取った。やはり浮塵子が大量に飛び交って顔に当たるが、もはや払う気力さえない。

青々と一面絨毯《じゅうたん》のように茂っていた田には、今やぽっかりと穴が空いていた。登熟する前の稲の刈り取り――あまりにも不本意な結果だった。

浮塵子はなおも、大量に田を飛び交っている。

（このままでは、他の稲も――……）

その日の夕餉はいつになく静かだった。団欒《だんらん》の雰囲気はなく、皆は思いつめたような表情で、黙々と食事をとっている。

「ココロワ様、此度は残念にござりましたな。申し訳のう存じまする」

不意に頭を下げた田右衛門に、ココロワは首を横に振る。

「た、田右衛門さんも謝らないでください。稲作にこのようなことは付き物なのでは？　むしろ害をあれだけで食い止められてよかったと思いますわ」

そう言いながらも、自分の声が沈んでいるのが分かった。

「かたじけないお言葉です」

「しかし、実際なじょすんのかや」きんたが口を開いた。「虫の害がばかになんねえべ。まだ夏でこいじゃ一体秋はどうなるべや」

「うむ……。なんとか見回って全枯れまでは食い止めるよう努めているが、これでは……。例年と比べて収穫量も大幅に減じそうですな、サクナ様」

「神様……」

ゆいが縋《すが》るようにサクナを見つめた。

サクナは一人黙々とご飯を食べると、手を合わせた。

「うむ、ごちそうさま。今日も旨《うま》かったのう。……さて、悪いがわしは早く失礼する。ちょいと出かけてくるぞ。タマ爺、ついてまいれ」

「はっ、おひいさま」

外へ向かうサクナとタマ爺を、田右衛門が慌てて呼び止めた。

「お、お待ちくだされ、こんな夜分遅くにでござりまするか？」

「心配せんでもよい。すぐ戻る」

「お前《め》……一体何しにいくつもりだ？」

きんたの問いにサクナは一瞬無言になったが、口を開く。

「――宿火の眼を採ってこようと思っての」

「宿火の眼！」田右衛門が大声を出して立ち上がる。「それはもしや以前サクナ様が採っておいでになった素材ではありませぬか？　防虫の効果があるという……」

「うむ、害が増えた今となってはどこまで効き目があるか分からんが……ないよりはましじゃろう」

ココロワはついこの前、サクナが真っ黒になって帰ってきたことを思い出す。

「ですがサクナさん、前回は落石口で見つけられなかったとお聞きしました。火山の奥深くまで進まねばならないのでは……」

「神様……大丈夫すかや……」ゆいが不安そうに呟く。

「日中に行ったときは空振りじゃったが、赤く輝いておるし、夜半の方が採れやすいじゃろ」サクナはにかっと笑う。「こんなの楽勝じゃ。ゆっくり寝て待っておるとよいぞ」

サクナは笠と蓑《みの》を身に着けると、油玉に火を灯し、外へと出ていった。

「サ、サクナさん！」

ココロワは後を追い、慌てて外へと飛び出した。サクナは既に峠を下ろうとしている。

「なんじゃココロワ、どうした？」

「わ、私も——連れて行ってくださいませんか？　サクナさんとタマさんだけでは危険ですわ！」

「……おぬしのその言の葉だけで十分嬉《うれ》しいぞ」

「私だけで力不足なら機巧兵《からくりへい》も一緒に連れていきます！　ですから——」

三週間近く前に見た黒い龍が頭をちらつく。サクナが大龍に連れ去られてしまうのではないか——そんな嫌な想像が鎌首をもたげる。

「機巧兵ではあの地形は厳しいじゃろ。落石をかわせまい」

「そ、それは……そうですが……」

ココロワは袖の下で、静かに拳を握った。このヒノエに来てから自分はずっと無力だった。こんなときもサクナに任せきりで——。

「わ、私は――自分が不甲斐《ふがい》なくて恥ずかしいですわ。何もできなくて……」

「何を申すか。おぬしは立派にやっているではないか」

「それはサクナさんの方ではありませんか！」

「違う。わしにはこんなことしかできんのじゃ。着物を織ることも、刀を打つことも、料理をすることも、皆の心を和らげることも、機巧を作ることもできん。だから、わしはわしにできることをやっておるだけじゃ。……できれば楽をしたいがのう！」

「サクナさん……」

「行くぞ、タマ爺」

「はっ、おひいさま」

油玉の灯が峠の下へと消えていく。やがて残像だけが網膜に残り、辺りは闇に包まれた。

暗闇に残されたココロワは、自問する。

（サクナさんはサクナさんにできることをやっているだけ。それならば私は？ ここで私にできること……そうです！）

ココロワは油玉に火を灯し、麓へと向かった。目指したのは田圃の近くにある倉だ。中には都から持ち込んだ農書が積まれている。

（もう一度、農書を隅から隅まで確認いたしましょう。もしかしたら虫を取り除く方法が書かれているかもしれません！）

ココロワの灯した火に多くの虫が寄ってくる。その中には浮塵子も多くいた。倉へ入るとココロワは農書を紐解《ひもと》き、目を皿のようにして読み解いていく。

しかし――。

（駄目ですわ。どこにも書かれていません……）

せいぜい、この前やった茅の穂で払いのけるくらいである。浮塵子の大発生は天災と同じであり諦めるも止《や》むなし――とまで書かれている。

（そんな……やはり方法はないのでしょうか？　いえ、まだあれがあります！）

ココロワはあることを思い出す。この倉がまだ襤褸《ぼろ》かった際、サクナからトヨハナの巻子本を貰《もら》い受けたではないか。

（あれはトヨハナ様がヒノエで稲作をする中で書かれたもの。もしかしたら解決の一助となる情報があるかもしれません）

開くと中は虫食い状態でぼろぼろだ。字もほとんど読めない。

だがココロワは目を見開き、灯の下で字をつぶさに読み解いていく。

（……浮、子！　ありました！　恐らく浮塵子と書かれています）

字はところどころ、穴が空き、擦れていて読めない。だが、ココロワはそこに当てはまる適切な言葉を埋めていく。そうして読み解くこと数刻。そこに書かれていたのは――。

外からは鳥の囀《さえず》りが聞こえている。扉を開け外へ出ると、既に太陽が昇っていた。

(いつの間にか朝になっていたのですね……)

ぼんやりとした頭のまま、ココロワは峠への道を進む。ようやく家へと着いたとき、背後から土を踏みしめる音がした。振り向けば、峠道をサクナが登ってくる。

「ココロワ、ただいま。いや、おはようかのう?」

「サ、サクナさん!」

疲れも眠気も忘れて、ココロワはサクナへと駆け寄った。サクナは全身真っ黒だ。

「お怪我《けが》などは……」

「大丈夫じゃ大丈夫。ほれ、これ」

サクナは背負っていた打飼《うちがい》を差し出した。受け取ってみるとそれはずっしりと重い。

「まさかサクナさん、これは……」

「うむ、開けてみよ」

ココロワは息を止めて打飼を開く。宿火の眼――火気を宿し、赤く輝くような溶岩の欠片《かけら》が入っていた。

「すごいですわ! 本当に見つけてくるなんて……」

「しかし……」サクナは渋い顔をした。「一夜も探し回って見つけたのはこれだけじゃ。せいぜいが一畝《ひとせ》の田圃を賄えるくらいじゃろう。別の場所も探そうと思うが……」

「それですがサクナさん、私から提案がありますわ」

「む、なんじゃなんじゃ！　ぜひ聞かせてくれ！」

「どうでしょう、このヒノエで虫追いをしませんか？」

「虫追い？　なんじゃそれは？」

ココロワが答えようとすると、

「サクナ様！　ココロワ様！」

背後の声に振り向けば、田右衛門にミルテ、寝ぼけ眼のきんたたちが表へ出ていた。

「あやつら……まさか起きておったのか？　しょうがない奴らじゃのう……。ココロワよ、ひとまず家へ入ろうぞ」


皆で朝餉《あさげ》をとった後で、ココロワは先ほどのことを提案する。

サクナは腕を組んで、首を傾げる。

「虫追いか……。田右衛門、おぬしは知っとるか？」

「恥ずかしながら聞いたことがありませぬ。一体いかようなものなのでしょうか」

皆の反応が芳しくないことに、ココロワは少し不安になる。名くらいは知られているものだと思っていたが――。その矢先だ。

「虫追いか――懐かしい名だ」

戸口に現れたのはアシグモである。

「アシグモ！　知っておるのか」

「祭りの一種、とでも言えばよいか。晩夏にトヨハナを中心として行っていたものだ。我も何度か加わったが、それも昔。もはや記憶も不確かだ」

「大丈夫です、やり方などはトヨハナ様の農書に記されていましたわ」

「ふむ……サクナ様のお母上ご考案ですか。それは期待が持てそうですな」

田右衛門も賛同するが、そこへきんたが意見した。

「おいらは反対だ。もう害が出てんだ、遅いんでねか」

「きんた。おぬしそんなことを――」

「そうは言ってもなサクナ、実際こいづは死活問題だ。お前《め》やおっさんがよくやってる、カムヒツキ様にお祈りして空を晴らすだのならまだ分かる。でも今更になって験担ぎなんかしだって坪枯れは収まんねえぞ」

「む、むう……」

サクナは言葉に詰まったようだ。だが、きんたの疑問に対し、ココロワは首を横に振る。

「いえ、きんたさん。農書を読む限り、この虫追いはとても理に適《かな》っているのです」

ココロワは農書に書かれていたことを丁寧に説明した。きんたも納得がいったのか頷く。

「……ほいなら、やってもいいかも知しゃねえな」

「ありがとうございます！」

「よし！　皆の者、それでは早急に準備じゃ！　一刻を争う、今宵《こよい》には行うぞ！」

「おー！」

一同は早速、準備に取りかかった。

5

日は傾き、西日が辺りを橙《だいだい》色に照らしている。ココロワたちは麓へと下りてきていた。皆の手には、ココロワとサクナが急いで作った松明《たいまつ》が握られている。竹に松脂《まつやに》を詰めたものので、先端に火が付いている。竹の燻《いぶ》された香りが辺りに充満していた。

列の前を行くのは田右衛門で、腹には大きな太鼓を抱えている。その後ろに立つのはサクナであり、大きな壺《つぼ》を手にしていた。

「ではココロワ、始めるぞ！」

「はい、お願いいたします」

サクナは水口を開いた。小川から田圃へと水が流れ込む。サクナはそこへと壺を傾けた。田圃へと注がれるのは黄色い粘性の液体――蝦蟇《がま》の油である。水の流れと共にそれは田面《たづら》へと一気に広がる。夕陽に照らされ、油は虹色に輝いていた。

「それでは参りましょう！」

田右衛門が大きく太鼓を叩いた。ココロワたちは松明を持ち、畦際《あぜぎわ》で行進を始めた。稲の上で松明を振り回すと、煙が広がり、空へと昇っていく。

「本当《ほん》にこいで意味なんかあるのかや？」

「はい。トヨハナ様の農書によれば確かに」

竹が振るわれると、稲から浮塵子が飛び交った。水の上へと浮塵子が落ちる。浮塵子の体は水を弾《はじ》くため、落ちてもすぐに登ってくる。だが、今回は田面に薄く油が張ってある。その油は虫にべったりと付着し、一度落ちたら最後、稲へは戻れないようだった。

「確かにこれなら、茅で払うよりもずっと効率がよいの！」

「はい。この調子で続ければ、多くの虫を払えるはずですわ」

竹の酸味がある香りが辺りへ広がっていた。煙で燻され、虫が稲から飛び上がる。また、松明の光に吸い寄せられるかのように近寄ってきた虫を、水へ落としていく。

「……思い出すな」列の後ろを歩くアシグモが呟いた。「当時はまだ我以外のアシグモ族もいた。皆で列をなして囃子《はやし》を打ち鳴らし、随分と賑《にぎ》やかだったものだ……」

ココロワが振り向けば彼は目を細め、懐かしむように田圃を見つめている。

「えいやーっ！」

「きゅいっ！」

「は、やるでねえか！」

かいまると河童、きんたに至っては、竹刀のように互いの竹を打ち付け合っていた。

「ああ、もう危ないぞ。振り回すでない！」

「はっはっは、まあサクナ様。よいではありませんか」

「ミンナ、タノしそうです！」

太鼓を叩きながら、田右衛門とミルテが笑って答えた。

陽はもう地平線の向こうへと沈む。夜の帳《とばり》が下り、松明の明かりはいっそう輝きを増す。

太鼓の音は、夜の闇へと溶け込むように消えていく。

「しかし……某の太鼓のみというのは少し味気ない気もします。もう少し賑やかしがあってもよいかもしれませんな。サクナ様、どうですか。一つ唄《うた》でも唄われてみては」

「唄じゃと?」

「はい、田植唄のようなものでも一つ」

「あいにく、わしはそんなもの知らんぞ。ココロワ、農書にはなかったのか?」

「擦れていて読めない箇所も多かったですから……そこまでは」

「それでは、新しくお作りになられてもよいのではないでしょうか」と田右衛門。

「むう、唄か?　ううむ、唄……唄……」

サクナが大いに頭を悩ませているときである。

〜うんしょと稲をつついたら
浮塵子とおさらばえっさっさ
さあさ送れやいざ踊れ
黄金《こがね》の花を咲かせましょ

どこからか聞こえてきたのは男性の唄声だ。夜闇に響くその唄声に、一同は耳を澄ませる。唄が終わると、サクナはきょとんとして田右衛門を見つめた。

「……今の唄、おぬしか?」

「いえ、某ではありませぬ。……きんたか？」

「おいらでもね。……かいまるでねか？」

「ちーがーう！」

「なぬ？　ということは……タマ爺か⁉」

「いえ、タマではございませぬ。唄ったのは……」

一同はタマ爺の視線の先――殿《しんがり》のアシグモを見つめる。彼は顔を逸らしていた。

「虫送り唄……とうに忘れたと思っていたが、唄えるものだな」

「……虫送り唄というのでしょうか。よい唄ですね」

つい頭に残るような音韻であり、ココロワは自然と口ずさんでいた。

唄い終わったココロワは、サクナたちが自分を注視していることに気付く。

「な、なんでしょうか……？」

そんなに唄が下手だったろうか。そう言えば人前で唄を披露したことなど終《つい》ぞない。急に自分の行いが恥ずかしくなり、ココロワは顔が熱くなる。

にこっと、ミルテが笑いかけた。

「アシグモとココロワのウタ、ハジめてキきました！　とてもキレイです！」

「そ、そんな……は、恥ずかしいです……」

「わたしもウタいます！」

ミルテが唄いだしたのをきっかけに、かいまるも、ゆいも、田右衛門も、きんたまで唄を口ずさむ。囃子の音に乗り、皆の唄声がヒノエの夜へ響いていく。殿のアシグモ——彼の口元が髭の下で僅かに緩んでいることに、タマ爺だけが気付く。

煙に燻され、羽虫が水田から飛び上がり、遠くへと逃げていく。ココロワはトヨハナの農書の記述を思い出す。虫追いという名前には、虫を殺すのではなく追い出すという願いが込められているという。害虫もまた田圃に暮らす生き物で、蛙などの餌にもなる。

ココロワは五穀豊穣を祈りながら、もうこれ以上は坪枯れが引き起こされないことを願いながら、竹を振るう。

皆が唄う中、サクナが隣にやって来てココロワへ言った。

「ココロワよ、感謝するぞ。おぬしがいなかったら、こんな虫追いなどできなかったじゃろうな。わしは早々に母上の巻子本が読めぬと諦めてしまったからのう！」

「でも、それができたのも……トヨハナ様、それにサクナさんがいてくれたからですわ」

ことのきっかけは全てサクナだった。サクナが皆を先導し、勇気づけてくれた。ココロワはそれに触発されての行動だった。

「私とサクナさんが揃えば、敵なしですわ」

「うむ、違いないのう！」

日が暮れたヒノエを、松明の明かりが列をなして進んでいく。煙がたなびき、天へと昇る。祭り囃子の音はいつまでも続くようだった。

6

「おお、立派に育っておるのう！」

サクナはココロワの田圃を見て叫んだ。坪枯れのため刈り込んだ箇所がぽっかりと空いている。だが、そこ以外は青々と、順調に稲は生育していた。

虫追いをしてからめっきりと浮塵子の被害は少なくなった。もちろん虫追いが全ての原因ではない。サクナが新たに採ってきた宿火の眼の効果や、田右衛門たちの管理が行き届いていることもあるだろうが――。

「おお、見よ、ココロワ。稲の花じゃ」

「え？　稲にも花が咲くのですか？」

「うむ、朝の誠に短い間じゃがの。ほれ」

穂の青々とした殻が開き、小さな白い雄しべが姿を現している。

「わあ……かわいらしいですわね」

開花の後、青々とした籾はやがて黄金色へと変わっていき、収穫が近づいてくるのだ。

「だがな、ココロワ。まだまだこれからじゃぞ。ああ、考えただけで恐ろしいわ……」

「これからとは──」

「そもそも坪枯れが誠に始まるのは今からじゃ。浮塵子だけではなく蝗《いなご》も出てくるしの。

それにな、稲が出穂しはじめると奴らが……奴らが現れるんじゃ！」

「奴ら……でしょうか？」

サクナがくわっと目を見開いた。

「ああ！　見よ、後ろじゃ！」

サクナは震える指で、ココロワの背後を指す。

ココロワはごくりと生唾を飲み込んで振り向く。そこにいたのは──。

「……もしや雀《すずめ》のことでしょうか？」

樹上には何羽もの雀が留まっており、囀っている。

「うむ！　まだ登熟していない稲を狙っておるんじゃ。ああ、恐ろしいのう！」

「案山子《かかし》でも立ててはいかがでしょうか？」

「初めは効果があったんじゃが、慣れてきてな。今では何も気にせずに近寄ってくるぞ」

「それでしたら……ふふ、私によい考えがありますわ」

「おお！　なんじゃ⁉　また面白いことを思いついたのか」

サクナが顔を明るくする。

田圃の上には多くの蜻蛉《とんぼ》が飛び回っている。近くの林からは、蜩《ひぐらし》のどこか物悲しげな鳴き声が聞こえてきた。木槿《むくげ》の花が風にそよぐ。収穫の秋は間もなくだ。

（ああ、なんて穏やかな時間なのでしょう……）

そのときである。ココロワの背筋を怖気《おぞけ》が走った。

視界の端に何かがちらついた。晩夏の空へと顔を向ける。入道雲を背にしてそれは飛んでいた。うねるような大きな黒い龍である。

「……え？」

「なんじゃ、どうしたココロワ？」

目をこすった後に空を見上げると、もう龍の姿は消えていた。

「い、いえ……恐らく気のせいですわ」

悪神大龍――それを想起せずにはいられない。暗雲が胸中をよぎった。

秋

1

出穂《しゅっすい》したての青色の籾《もみ》はぺちゃんこに潰れていたが、開花してからはどんどん厚みを増していった。天に向かって高く伸びていた稲穂は、その重みで垂れ下がっていく。そして稲の花が咲いてから一ヶ月余りが経《た》つと、穂は先の方から次第に色づき始めるのだ。

「サクナさん、サクナさん！　稲刈りはまだでしょうか？」

ココロワの田圃も夏の頃から様相をがらりと変え、稲穂が頭《こうべ》を垂れていた。青々としていた田圃《たんぼ》は、今では黄金色に変わっていた。胸の高鳴りを抑えられないままに問いかける。

「気持ちが逸《はや》るのは分かるが、じっと待つんじゃ。早くに刈れば青米、遅ければ胴割れ米が増える。稲がじっくりと熟れるまでの辛抱じゃぞ。それまではたっぷりと水じゃ」

まだ残暑も厳しく、時折真夏のように太陽が照り付ける。言いつけ通り、ココロワは小川から水を取り入れた。

「いつ頃でしょう。収穫が待ち遠しいです……！」

「ココロワ、随分と嬉《うれ》しそうじゃの」

「それはもう！」

実際に稲穂を見ると、米を収穫したい気持ちはいっそう強くなった。

ただ、神や人と同じくして、動物も稲の実りを嗅ぎ付ける。何羽もの雀《すずめ》が木の枝に留まり、稲穂を狙っている。近くには案山子《かかし》が置かれているが、慣れてしまい意にも介さない。

しかし、

「プシュウウウウッ！」

奇声を上げた案山子が樹《き》に飛び掛かった。腕をぶんぶんと振り回し、雀へと突き進む。雀は蜘蛛《くも》の子を散らすように逃げていった。

「ううむ、動く案山子も絶好調じゃのう」

「ふふ、ありがとうございます」

笠《かさ》と衣服を纏《まと》ったココロワの機巧兵《からくりへい》だ。麓の田圃を巡回して、動物を追い払っていた。

「ただ、雀を追い払ってばかりいると虫が増えてしまうのが難点じゃな」

「ええ……水田は色々な生き物で成り立っていますものね」

秋になると蝗《いなご》を始めとして、浮塵子《うんか》や椿象《かめむし》なども湧いてきた。雀は虫を食べてくれるのである側面ではありがたいのだが、かといって放っておけば籾を食べられてしまう。

また、浮塵子にも種類があり、虫追い一回ではとても駆除できないようだ。最近多いのは鳶色《とびいろ》の浮塵子であり、また数が増えているようだ。

「サクナさん、また近く虫追いをしましょう」

「うむ、そうじゃのう」

慣れない稲作で苦労は多い。それでもココロワはこの日々を楽しんでいた。

（稲作は滞りなく進んでいます。……そう、稲作の方は）

稲作を深く知るためにココロワはここへと来た。稲刈りは近く、終わりが近づいている。

（でも小説の方は全く進んでいませんわ……）

ココロワはまだ一文字たりとも小説を書けていなかった。書いては、これではないと捨てて置き、書いては捨てて置きの繰り返しだ。倉の中には書きかけの小説が山のように積み上がっている。十分な量を持ってきたはずなのに紙の在庫が切れてしまいそうだ。

小説内でも稲作について触れているのだが、どうもしっくりこない。本当にこれでよいのか。そんな迷いが生じて、途中で書き進めなくなってしまう。

（ここまで書けないなんて『片恋物語』ではありませんでした。あのときは自然と言の葉が頭に浮かんできたというのに。どうして……稲作のことを書けないのでしょう……）

決意を固めたにもかかわらず一向に筆は進まない。焦燥感は日に日に増していく。

（それでも今は私《わたくし》にできることを精一杯やらなくては。まずは稲作に力を注ぎましょう！　そうすればまた違う景色が見えてくるかも……！　しれません……）

ココロワは自らの両頬をぱんぱんと叩《たた》くと、袖を捲《ま》くった。

と、そのときココロワの視界の端に、またそれが入る。

空を飛ぶ黒い龍の姿だ。

（……あれは？）

一瞬のうちに、その龍は地上へと降りて消えていった。方向は山の麓の方だ。

禍《わざわい》を呼ぶかのような黒い龍――嫌な予感がした。

そしてその予感はすぐに的中することとなる。

翌朝である。麓へと様子を見に行っていた田右衛門《たうえもん》が、血相を変えて戻ってきた。

「サ、サクナ様！　大事にございまする！　坪枯れが出ました！」

「なんじゃと、またか？　むう、今宵《こよい》にでもまた虫追いをするか」

だが、田右衛門は眉間に深い皺《しわ》を寄せたままだ。

「それが……少し様子がおかしいのでございまする」

「田右衛門さん、おかしいとはどういうことですか？」

「害があった田圃は昨日、某《それがし》が確かめ申しました。どの稲もすくすくと育っており、籾も厚く、十分な収穫が望めるはずにございました。虫も少なかったと記憶しております。しかし……一夜にして田圃が全て枯れているのです」

「……なんじゃと？」

「まるで兆しもなくでござります。某にも一体何がなんだか……」

田右衛門に案内され、サクナたちは麓へと下りていった。「きゅう、きゅう」と嘆くような河童《かっぱ》たちの声が聞こえてくる。

田圃の様子を見て、ココロワは愕然《がくぜん》とする。黄金色だった原っぱは見渡す限り枯れており、稲は全て倒伏している。凄惨な様相にきんたとゆいが土に手をついた。

「なんだべ、なんだべ……こいは」

「あんまりだっちゃ……」

（そ、そんな……）

ココロワもまた呆然《ぼうぜん》としていた。この田圃は田植えも、草取りも、一同で頑張ったものだ。収穫前にしてこんな有り様を見るのは無念だった。

「今年は辛《つら》い一年になりそうですな」

打ちひしがれる一同だったが、そんな中、サクナが倒れた稲を拾い上げ「ふむ」と頷《うなず》く。

「皆の者、そんなに打ちひしがれるでない。見よ、もう稲穂の先は十分に黄金に色づいておる。末端に青籾はあるが、これならば稲刈りできるぞ」

「でも、そんなのくず米だべ」

「くず米とて牛の餌には使える。それに米粉にすれば十分に旨《うま》く食えるぞ」

「O！　オイしいカシならわたし、作れます！」

「お団子、また食べたいっちゃね」

「だんご！　だんご！」

サクナの言葉で、皆の顔に生気が戻っていく。

「よし、水を落として乾いたらすぐに刈り取るぞ。一足早いが収穫じゃ！」

「おー！」

皆の潑剌《はつらつ》とした声が青空の下に響く。

ヒノエへと来て、ココロワは皆の力強さと逞《たくま》しさを感じ取っていた。この島の住人は皆が活力に溢《あふ》れている。だがその中心となっているのは、間違いなくサクナなのだった。

2

その日の夜半、ココロワは寝床で物思いに耽《ふけ》っていた。隣からはサクナのぐうぐうという大きな寝息が聞こえてくる。その寝顔をココロワは静かに見つめる。

ヒノエに来てから様々な事件があった。だがその中でもサクナは力を発揮して、皆を導いている。都でトヨハナとタケリビの威光を借りていたときの彼女とは、別人かと見紛《みまが》うほどに。この島で稲作をして、彼女は変わったのだ。

(そのサクナさんを変えた稲作……私はその魅力を書かなければならないのに。どうしてこんなにも着想が浮かんでこないのでしょうか……)

以前は瞼《まぶた》を閉じれば、書きたい話が浮かんできた。だが今は、稲作に関連した物語を考えようとしても、すぐに霧散してしまう。代わりに浮かび上がってくるのはサクナの顔だ。このヒノエに来てから見たサクナの様々な表情。朧月香子《おぼろづきこうし》の新刊を楽しみにしてくれているという彼女のためにも――。

(私はなんとしても小説を書き上げなければなりませんのに……)

ふう、とココロワは静かにため息を吐《つ》く。

（それにしてもここへ来てから色々なことがありましたわ。特に虫騒ぎ……私が一度都へ戻ってからその頻度は増すばかりで……あ！）

どくんと、心の臓が飛び跳ねる。身体《からだ》中に血が巡り熱くなってくる。宮中で起こった原因不明の機巧兵の停止。一時的な都への帰還。そこからの虫の発生――。

（ま、まさか……そんな……）

ココロワは飛び起き、外へ飛び出た。今宵は雲が垂れ込めており、月明かりはうっすらとしか見えない。

その黒い空を背にして、龍が飛んでいた。随分と近い。麓の田圃の方角だ。

（恐らく場所は――）

「……！　急ぎませんと」

ココロワは油玉を燃やし、三体の機巧兵たちと共に峠を下っていく。

推測が当たっているとすれば、状況は逼迫《ひっぱく》している。目指すべき田圃が近づくにつれ、油玉に飛び込む虫の数が増えてきた。まるで雨のように、顔に虫が当たってくる。

ぶううううううう、という地鳴りのような音が眼前から響く。

目的地周辺で、ココロワは音のする方へと油玉の火を向けた。

麓にある黄金色になった田圃――その上で巨大な黒龍が蠢《うごめ》いている。

（いえ、龍なんかではありません。あれは――！）

ココロワの顔にぶつかってくる虫がそれを証明している。それは大量の鳶色浮塵子の群れだ。何千、何万という浮塵子の群れが一匹の龍のようにうねっている。まさに坪枯れを引き起こさんとして。ココロワが視界に捉えていたのは、無数の浮塵子が田圃へと向かう場面だったのだ。

「……！　や、焼き払います！」

一体の機巧兵の腕部が、がぱっと開く。そこから射出された激しい火炎が、黒い龍を真っ二つに裂いた。浮塵子が燃え散り、花火のように地へと落ちていく。

（それにしても……あまりにも数が多すぎます！）

ほんの一部を焼いただけで、浮塵子はまだ大量に存在している。再び群れを成して、龍のようにうねり空へと舞い上がっていく。

機巧兵の炎も、もはや届かない距離である。

「ここで逃がすわけには……！」

ココロワは機巧兵と共に駆け出した。浮塵子の逃げる方向がヒノエ全域ならば追いようがない。だが、ココロワには行き先に心当たりがあった。

思っていた通り、浮塵子が向かっているのは――舟隠しの浦だった。洞穴の暗闇を抜けた先には、ココロワの船が停泊している。浮塵子は船を取り巻いていた。

（……やはりそうだったのですね）

ヒノエへと下り立つとき、不意に船底の方から音がしたことを思い出す。あのとき、ココロワは船内を確認していない。既に、船内に潜んでいたということなのだろう。

ぶるるるるるるる……と地鳴りのような音が洞穴に響く。

ココロワの船が大きく揺れた。甲板が下から破られ、それは飛び出した。

「……！」

鎧《よろい》のような表皮。六本の強靭《きょうじん》な脚。四枚の禍々《まがまが》しい翅。血走ったかのような赤い眼。甲板を突き破ったのは、浮塵子に似通った巨大な虫鬼《むしおに》であった。

「ぶぅひゅるるるるるるる……」

重い唸《うな》り声が辺り一帯を振動させる。肌を刺すような凄《すさ》まじい邪気が溢れている。

「恐らく、私の船に張り付いてきたのですね。そうしてヒノエにやって来て、船内に潜み……浮塵子を率いて坪枯れを引き起こした……」

浮塵子の大群は虫鬼の周りを飛んでいる。そうしている間にも、虫鬼の体がさらに膨れあがっていく。まるで浮塵子から力を分け与えられているかのように。

虫鬼が浜へと降り立ち、大量の砂が舞い上がった。丸太のように太い脚をゆっくりと動かし近づいてくる。その赤い眼はココロワへと真っすぐに向けられていた。

（私が招き寄せた。ならば田圃が坪枯れしたのも……全ては私が招いたこと）

ココロワの脳裏に浮かぶのは、皆の落胆した顔だ。このヒノエで皆が頑張っていた稲作を、自分のせいで滅茶苦茶《めちゃくちゃ》にしてしまった。

（それならば――）

ココロワは決然と目を見開き、虫鬼を見据えた。

「片は私が付けます！」

機巧兵の腕部から炎が勢いよく射出され、洞穴が真昼かのように明るくなった。渦巻いていた浮塵子が火に包まれ、燃え落ちていく。だが、炎の通ったあとに虫鬼の姿はない。宙へと飛び上がって攻撃を回避していた。

（巨体なのに素早い……！）

きぃいいいいいいい――虫鬼の耳をつんざくような金切り声が響く。辺りを飛び回っていた浮塵子が一匹の龍のようになって、ココロワへと襲いかかる。

一体の機巧兵は、腕部から火を射出し続けていた。別の一体の機巧兵は、腹の前で大きな鏡を構えた。火炎が取り逃した浮塵子を、鏡から射出された光線で撃ち落とす。辺りの浮塵子はあっという間に一掃されていったが、虫鬼は素早く逃げ回っている。

ココロワの隣に立つ三体目の機巧兵は、剣の鍔《つば》に手をかけた。
（あとは親玉一匹を残すのみ！）
間を置かず二体の機巧兵が、火炎と光線を射出する。それを虫鬼が回避したところに
――剣を佩《は》いた機巧兵が飛んだ。抜いた白刃が闇夜に光る。
（これで……）
ココロワがヒノエに持ち込んだのは稲作用に調整した機巧兵。都の警護役である機巧武《からくりぶ》
神《しん》と比べれば戦闘力は落ちる。それでも獣鬼ならば十分に退治はできる。
（これで終わりですわ！）
虫鬼を倒しても、失われた稲は戻らない。だがこれ以上、虫害が爆発的に広まることは
ないだろう。全てが終わった後、サクナたちに謝らなければならないとココロワは思った。
（此度《こたび》の事態は私が招いたことなのですから……）
銀色に輝く刃が、虫鬼の喉元を通り過ぎる。
そう思った次の瞬間である。
爆《は》ぜるような轟音《ごうおん》が響く。次いでココロワの真横に何かが叩きつけられた。それは大き
く跳ねて、入り江の奥へ吹っ飛んでいく。ゆっくり振り向くと、ばらばらになった機巧兵
が倒れていた。手にした剣は真っ二つに折れている。

「……え？」

虫鬼の反撃により機巧兵が一撃で叩き壊されたと理解するのに、数秒かかった。慌てて顔を虫鬼の方へと戻す。宙に浮かんでいた虫鬼の姿が、視界から消える。ココロワの目ではとても追いきれない。ただ、空《くう》を切る羽音のみが聞こえる。

火炎も、光線も、まるで当たらない。二度にわたる轟音がして——もう二体の機巧兵も吹っ飛ばされた。一体は砂浜に、もう一体は洞穴の壁に叩きつけられた。部品と油が飛び散った。辛うじて立ち上がろうとした機巧兵の上に、虫鬼が降り立った。機巧兵が胴のところで真っ二つに割れる。

「え……？　あ、あ……」

呆然とするココロワの前に虫鬼が歩み寄ってくる。感情と呼ばれるものが一切感じ取れない真っ赤な眼。腕の太さほどもある大きな口吻《こうふん》が伸びる。

足が棒のようになり、その場から一歩も動き出せなかった。

（わ、私は——……）

その瞬間、ココロワの脳裏を何かがよぎった。

随分と昔——幼い時分の朧《おぼろ》げな記憶。

桜が咲き乱れる春の都である。ココロワの纏う着物はまだ位が低いものであった。目の前に、紙がくしゃくしゃに丸めて捨てられていた。

「……う、ううう」

ひっそりと楽しんでいた小説を書くという趣味。上級神の子供たちに見つかったのが運の尽きだった。走り書きは取り上げられ、回し読みされ、嘲笑され、しまいには丸めて捨てられていた。拾って開くも、紙には跡がついてしまっている。

（もう、こんなもの……こんなもの……）

こんな苦しい目にあうのならば二度と、小説なんて書きはしない。

「あ……」

風が吹き、桜の花びらと共に紙が吹き飛んでいく。追おうと手を伸ばすも、それを諦める。もうどうせ書きはしないのだ。どこへでも飛んでいけばよい。

紙は飛ばされていき、

「ふんふ～ふ、ふんふ～ふ、ふんふんふふんふふん♪」

上機嫌で往来のど真ん中を行く少女の顔に、ぺしゃりと当たる。

「あ……」

「わっぷ、ぺっぺっ！　なんじゃこれ、ちり紙か！」

「おひいさま、ですから歩くときはお気をつけなされよと……」

「ええい、うるさいわ！　というかなんじゃこれ……む？　小説の走り書きか？」

「……あわわわわ」

会話をしたことこそないが、彼女の傲岸な振る舞いは噂《うわさ》で聞いている。大変なことになってしまった。面倒が起きる前にこの場を離れようかと思ったが――。

「おい。これ、おぬしのものか？」

挙動があまりにも不審だったのか、声をかけられてしまった。

「ひっ！　え、あ……いえ……」

また嘲笑されるのが怖くなり、首をぶんぶんと横に振る。

「ち、違いますわ……！　そんなもの全く存じ上げません……！」

「ふむふむ、そうか。この走り書き――」

思わず耳を覆ってしまう。また嘲笑されるのだろう。

「すっばらしいのう！」

「……え？」

「いや、かなり読ませるぞ。文章はまだ粗削りじゃが……めちゃくちゃ面白いのう！」

「で、でも……」

「あん？　なんじゃ？」

「あ！　す、すみません」

「なんじゃ？　おぬし、別に謝るようなことは何もしていないではないか」

「は、はい。すみません！　そ……その、先ほど、他の方々が話しているのを聞いてしまいまして。なんだかその文を馬鹿にされていたようでしたから……」

「はあ⁉」彼女は大きな声で怒鳴った。「なんじゃそれ。他の奴《やつ》らがそう申しておるからなんじゃ！　わしはわしが好きなものを好きと言っただけじゃ。他の奴がどうとか関係あるか！　わしは声を大にしてこれを好きと言っていくぞ！」

「おひいさま、往来で大きな声を出すものではありませぬ。はしたのうございますぞ」

「ええい、タマ爺《じい》はうるさいのう。わしの好きなように喋《しゃべ》るわ！」

「……！」

とてつもなく嬉しかった。自分が好きに書いた文章を面白がってくれたことが。

（そうですわ。あのような方々のことなんて気にすることありませんわ！）

馬鹿にされるから、なんだというのだ。私は好きでこれを書いている。これからも自分の好きなものをずっと書き続けていく。

恐らく、あのとき彼女がいたからココロワは今日まで小説を書いてこられたのだ。

（ああ――どうしてこんなにも昔の話を今更になって思い返しているのでしょう）

虫鬼が立ち上がり、前脚でココロワをがっちりと摑《つか》む。赤い眼がココロワをじっと見つめており、口吻が迫ってくる。

ココロワは観念して、強く目を閉じた。

視界が闇に包まれる。

聞こえてきたのはそんな闇を切り裂くような叫び声。

「ココロワ――――ッ！」

目を開けると同時に、眼前の虫鬼の巨体が吹っ飛んでいた。凄まじい勢いで海上を弾《はじ》きとばされていく。ココロワの目の前には、紅緋色《べにひいろ》の着物を纏った小さな背中――だが、ココロワにはそれがとても逞しく大きな背中に見えた。彼女が振り向き、にかっと笑う。

「間に合ったかの」

「サクナさん……！　タマさんも！」

夢かとも思ったが、間違いなく本物だった。

「ココロワ、一人でよく耐えてくれた」

「……っ。ち、違うのです！」ココロワはサクナの言葉をかき消すように叫んだ。「サクナさん。げ、原因は……あの虫鬼を招いた原因は私にあるのです。恐らくあの虫鬼は私の船に乗ってこのヒノエへ……。ですから、悪いのは私なのです……！　私がこのヒノエへと来なければ皆さんの田圃も無事で……」

そんなココロワの言葉を聞くと、サクナは怒鳴った。

「何を言っとるんじゃ！　どうしておぬしが謝る！　原因はおぬしではなく――」

サクナは海上を見つめていた。

虫鬼は何事もなかったかのように翅を広げ、海上から飛び上がる。

「あやつであろう。おぬしは何も悪くないぞ」

「サクナさん……」

「そもそも稲作においては虫なんて付き物じゃ。おぬしのせいなわけがあるか！　さ、手っ取り早くあやつを倒して、家に帰ってゆっくり休もうぞ」

「……！」

にかっと笑うサクナを見て、ココロワは目頭が熱くなる。

ああ、本当にサクナさんは――。

「……はい。はい！」

金切り声を上げて虫鬼が飛んでくる。

サクナは浜を蹴り、空を飛んだ。抜いた剣が虫鬼の頭部に激突し、宙に火花が散る。

「こいつの表皮、かったいのう！」

「おひいさま、頭と胴の隙間でございます！」

「分かっておる！」

サクナの姿が、同時に虫鬼の姿も、視界から消える。もはやココロワでは、サクナの戦いを目では追えなかった。空を切る音、衝突音、火花の軌跡が辛うじて目に映る程度だ。

だが優勢なのは――。

「だぁっ！」

激しく水しぶきが飛び散る。虫鬼が海に背中から叩きつけられていた。

（すごいです！　全く相手になりませんわ！）

サクナはあの悪神大龍を討ち果たしている。いくら虫鬼が浮塵子の群れから力を集めていようと、正面からでは相手にならないようだ。

「もらった‼」

サクナが海上の虫鬼めがけて降下しようとした、そのときである。ぶわっと、洞穴の奥から大量の浮塵子の群れが現れた。龍のようにうねるそれは、サクナを取り囲む。

「うわ、わぷ！　なんじゃこれ！」

体勢を崩したサクナはそのまま海の中へと落ちた。

(先ほど浮塵子は全て払ったはずなのに……まさかヒノエ中から呼べるのですか⁉)

サクナは海の中で、苦しそうにもがいている。

「くっ……！　ええい、旋風圏《せんぷうけん》！」

サクナが武具を頭上で回転させ始めた。回転は大きな竜巻を作り上げ、周囲の海水を巻き上げげた。水しぶきがあがり、浮塵子をまとめて吹き飛ばしていく。

「はっ、どうじゃ！」

「おひいさま、上でございます！」

「え？」

竜巻が止《や》んだ直後だった。虫鬼が頭上から急降下し、サクナに衝突した。サクナは海の中へと沈んだが、すぐに顔を出した。

「ええい、こしゃくな奴め！　わぷ！」

海から出ようとした彼女だが、再び上から虫鬼が攻め立てた。サクナは海の中へと突き戻される。着物が水を吸ったためか、サクナの動きは鈍くなっていた。一方で虫鬼の体は水を弾いており、素早い動きのままだ。

きぃぃいいぃいいいい――と虫鬼が金切り声を上げた。再び浮塵子の群れが大挙して押し寄せ、サクナの周りを取り囲む。それらを振り払おうとサクナが武技を出せば、終わったところに虫鬼が突撃する。地味だが確実にサクナの体力は奪われている。

（サクナさん……っ！）

ココロワは辺りを見回す。ただ見ているだけなんてそんなのは嫌だった。サクナはここまで自分を助けに来てくれたのだ。自分も何かをしたい。サクナを助けたい。

（早く一緒に帰って私は――サクナさんと稲作の続きがしたいのです！）

ふと視界に入ったのは、最後に虫鬼に倒された機巧兵だ。胴体を真っ二つにされているため立ち上がることはできない。おまけに油もどくどくと漏れている。

閃《ひらめ》くものがあった。トヨハナが残していた農書にも書かれていたことだ。

ココロワは倒れていた機巧兵を引きずると、それを海へと投げ込んだ。自分が持っていた油玉も、全て一緒にだ。

「サクナさん、虫追いです！」

サクナがはっとしてこちらを見て頷いた。

「ええい！　これでどうじゃ！」

衝突してきた虫鬼をサクナが摑み、海の中へと引きずり込む。今までならば虫鬼の体は水を弾き、なんなく飛び上がっていただろう。だが、今は海水の中でばたばたともがいている。ココロワの流した大量の油が、体に付着し、思うように飛び立てないのだ。

「ココロワ！」

「はい！」

サクナが宙へと飛んだ。次の瞬間、ココロワは機巧兵の腕部を用いて火を射出する。水面に激しい火の波が立つ。それはすぐに虫鬼まで至り、その体を包み込んだ。

耳をつんざくような金切り声が響く。火の付いた体で虫鬼は宙へと飛び立つ。

そこには既に、サクナが待ち構えている。

「――飛燕《ひえん》！」

ババババババ――と。

ココロワに認識できたのは音だけであった。サクナは剣を振り抜いており、その前には宙で静止した虫鬼の姿がある。サクナと虫鬼は、共に大きな音を立てて海へ落ちた。虫鬼は微動だにせず、海の中へと沈んでいく。サクナだけが立ち上がった。

海面に流した油の量もさほど多くない。波にかき消され、火が消えていく。群れていた浮塵子たちも統率を失い、靄《もや》のように四方へ散り散りになっていった。

ココロワを見て、サクナはにかっと笑った。

「待たせたの。さ、家へ帰ろう。眠くて仕方ないぞ」

「……」

着物が濡れることなど気にもせず、ココロワは海へと入っていく。サクナの元へと駆け付けると、その小さな身体をいつの間にか抱きしめていた。

「コ、ココロワよ……？　どうしたんじゃ、苦しいぞ」

「サクナさん、あなたはいつも……いつも私の元へ駆けつけてくれるのですね」

「当たり前じゃ。わしは、おぬしの親友なんじゃからな」

親友――その言葉はココロワにとって特別な意味を持つ言葉。

「サクナさん」

「ん？」

「……あなたのことを、親友と呼ばせてもらっていいですか？」

「なんじゃ今更？　ずっとそうじゃろう」

（……ああ）

やっと心の中の靄が晴れたような気がした。この島に来てから、稲作を題材にして何度も新しい小説を書こうとしたができなかった。必死に稲作をやってきたにもかかわらず、なぜか筆は進まなくて。その原因が今、ココロワにはやっと分かった。

（あのときと同じようにすればいいのですね）

先ほどよみがえった昔の記憶。あのときのココロワは自由だった。ただ自らの考えた書きたいことを、好きなように書き散らしていた。それは『片恋物語』も同じだ。ただ自らの中に溢れる物語を、思うがままに書き留めた。

（サクナさんを喜ばせる——ここへ来てからそればかり考えて物語を書いていました）

サクナが喜ぶだろう。そんな理由で稲作を題材にしようとして、物語を考えて。どうして手が止まったのかなんて、理由は簡単だ。無理やり捻《ひね》り出していたからに他ならない。

（私が本当に書きたかったのは、稲作ではなくて——）

自らの中に自然と浮かび上がってきたもの、それは——。

「コ、ココロワ……苦しいぞ。いい加減に離してくれんかのう」

「はっ！」

ココロワはサクナを抱きしめたままだった。慌てて彼女を放す。

「す、すみません！　私、つい考え事をして——」

「まったく、おぬしは昔からそうじゃのう。まるで変わらん」

「サクナさんも昔から——変わりましたけれど、変わりませんわ」

「どっちじゃそれ⁉」

ココロワはくすくすと笑い始めた。サクナはつられて大笑する。

昇りゆく陽の光を反射して、海面は煌《きら》めいていた。

3

虫鬼を倒してから十日ほどが経った。初鮭《はつざけ》が群れをなして川を上っていく。畦には彼岸花の赤い花が咲き誇り、秋茜《あきあかね》が飛び交っている。天候にも恵まれ、籾はぐんぐんと厚くなり、十分に熟れていた。

「いよいよ、稲刈りじゃのう」

「は、はい……！」

緊張のあまり、鎌を持つ手はがたがたと震えている。目の前には、春先からココロワが丹誠を込めて管理した田圃がある。どの稲も黄金に色づいており、収穫の時期だ。

「み、皆さん……」

ココロワは不安になって後ろを振り返る。畦際《あぜぎわ》には田右衛門、ミルテ、きんた、ゆい、かいまる、そしてアシグモに河童まで揃《そろ》っていた。

「ココロワ様、問題ございません。丁度、刈り時にござりますぞ」

「リッパにソダってます！」

「ほいに硬くなることねえべ」

「ココロワ様、がんばって！」

「がんばえー！」

「きゅっきゅっ！」

「ほれ、ココロワ。腰を落として手で稲を持つんじゃ」

「え、ええと、はい」

横に立つサクナの真似《まね》をして、ココロワは腰を落とす。稲の株を左手でまとめ、その根元へ鎌を当てた。刈り高は低く。意を決して手前へ引く。よく研がれた鎌はすっと稲を通った。ココロワが自らの左手に目をやると、そこには刈り取られた稲束が握られている。

「サクナさん。私……」

「うむ、ちゃんと稲刈りできておるのう！」

「あ、ありがとうございます！」

あらゆる感情がわっと押し寄せて、思わず泣きそうになってしまう。

（い、いえ！　ここで終わりではありません！　まだこの後も仕事はあるのです！）

皆が他の田圃へ向かった後も、ココロワは黙々と稲刈りを続けた。長時間作業をしていると腰が重くなり、穂が首や腕などの素肌に当たって痛い。それでも日が暮れる前には全ての稲を刈り取ることができた。

稲を刈り取って終わりではない。刈った稲はその日のうちに稲架掛《はさ》けをする。麓では既に田圃内に稲架が組み立てられていた。天気がよければ十日ほどで乾くという。

麓の田圃も皆で協力して稲刈りを終えた。最後に残ったのは峠の神田だ。神田の稲刈りをするのはサクナと決まっていた。彼女はあっという間に稲刈りと稲架掛けを終えてしまう。

「うむ、今年もよい米が穫《と》れたのう！」

満足げに額の汗を拭うサクナを見て、ココロワは思う。

（やはり、サクナさんはすごいですわ……）

十分に干した稲は、足踏み脱穀機を用いて籾を外していく。残った藁《わら》も無駄にはしない。田圃へ立てて乾かし、これを用いて俵を作るのだ。脱穀した籾は、水車で籾摺《もみす》りをする。栄養価の高い玄米も気になるが、ココロワは白米にすると決めていた。

野分《のわき》が吹きすさび、金木犀《きんもくせい》の香《か》が漂い、空には鰯雲《いわしぐも》が流れ、鹿の鳴き声が聞こえるようになったところで――ようやく今年一年の稲作は終わった。

その日、夕餉《ゆうげ》に出されたのは――。

「じゃじゃーん！」

ミルテが出した料理を見て、サクナは叫ぶ。

「おお、今日は新米か！」

「はい！　でもただのシンマイではありません。ココロワのシンマイです！」

その日の夕餉は茸《きのこ》の味噌汁《みそしる》、鴨肉《かもにく》の酒漬焼、新豆腐の味噌田楽、柿の浸し物だった。ココロワは不思議な気持ちで、眼前に差し出された白飯を見つめる。いつも食べている米と同じ天穂《あまほほ》のはずだ。それなのに今日は、米が椀《わん》の中で輝きを放っている。

「これが私の作り上げた……白米」

「うむ、そうじゃ。ココロワよ、おぬしが一から育てたものじゃぞ」

じわじわと実感が湧いてきて、それは爆発しそうなくらいに高まった。

「サ……サクナさん！　早く、早く食べましょう！　冷めてしまいますわ」

「そう急《せ》くでない。それでは皆の者、手を合わせよ」

サクナの声で、皆は手を合わせる。

「いただきます！」

早速、ココロワは箸で炊き立ての白飯を口へと運び、よく嚙《か》みしめる。粘り気は少ない。嚙めば嚙むほど、米の持つ甘みがじんわりと口の中へと広がっていく。

「ココロワよ、どうじゃ？」

ごくんと嚥下《えんげ》すると、ココロワは言った。

「とても……とても美味《おい》しいです！」

わあ、と皆から声が上がる。

「どれどれ、わしもいただくぞ。……うむ、旨い！　さっすがココロワじゃのう！」

「……私だけでは何もできませんでした。皆さんがいたからですわ」

ココロワは改めて白飯を口へと運ぶ。サクナたちの天穂を毎日食べていたからこそ分かる。ココロワの作った新米はそれと比べて小粒であったし、食味もあっさりしている。同じ品種にもかかわらず、育て方で米の味は大きく変わる。恐らく大多数はサクナたちの天穂の方を美味しいと感じるだろう。

（それでも……）

それでもココロワは、自分の作った米がたまらなく美味しいと感じた。

鴨肉へと箸を伸ばす。神田で合鴨農法に使っていたものだ。茸は、田右衛門と一緒に森で採ったもの。田起こし、代掻き、田植え、草取り、虫追い、稲刈り――このヒノエでの苦労の全てがこの食材や白米一粒一粒に詰まっているように感じられた。

天浮橋《あめのうきはし》が再び架かれば、麓の世へ帰る選択をする者もいるだろう。いつまでも皆で一緒

の囲炉裏《いろり》を囲めるとは限らない。ココロワはこの時間がとても愛おしく思えた。

ココロワはあっという間に食事を平らげてしまう。

「おお、すごい食いっぷりじゃのう！」

「は！　す、すみません。つい……」

「まるで某のようですな」

「おっさんほどじゃねえべ」

ココロワは皆を見て、少し気恥ずかしそうに言う。

「その……お代わりしてもよろしいでしょうか？」

「おかわりたっぷりあります。タクサンヨソってくださいっ！」

その日、ココロワはこのヒノエに来てから最もたくさんご飯を食べた。目の前にある綺《き》麗《れい》に平らげられた皿を見て、ココロワは少し物悲しくなる。元々、都での仕事を無理に切り上げてやって来たのだ。文でも、発明神としてのココロワへの要望が次々と送られてくる。稲作を終えた今、ココロワはもう都へと帰らなければならない。

ココロワは手をつき、丁寧な所作で頭を下げた。

「皆さん、改めて感謝を申し上げます。春から……とても貴重な経験をさせていただきましたわ」

「何を申されますか！　お助けいただいたのは我らもです」

「本当《ほん》にねえ。ココロワ様がいて楽しかったっちゃ」

「またいつでも来てくれてよいのだぞ、ココロワよ」

「はい、ぜひまた来させていただきます」

「ココロワヒメ様……」

サクナの横に座るタマ爺がココロワをじっと見つめる。

「はい？　なんでしょう」

「心なしか、おいでになったときと比べ、すっきりとしたお顔をされておるような……」

「そうでしょうか？　もしかしたら……一つ悩みが解決したからかもしれません」

この島へとやって来てから、稲作を題材とした小説を何度も書こうとしたができなかった。なぜ書けないのか自分でも分からなかったが、今ではその答えを摑んでいた。

（簡単なことでした。私が書きたいものなど初めから一つに決まっていたのですね）

「なんじゃココロワ、悩みなどあったのか？　わしに相談してくれればよいものを」

案ずるサクナを見て、ココロワは静かに首を横に振る。

「サクナさん、ありがとうございます。でも、それは私が解決すべきものだったのです」

「そうか？　まあ解決したならよいがの」

（私は――）

まだ朧月香子と名乗る前、ただ自らの頭に浮かび来る物語を綴《つづ》っていたあの頃。

今、脳裏に浮かぶのはただ一つのことだった。

「私はあなたを書きたかったのです、サクナさん」

「ん、なんじゃ？」

「!? い、いえ！　何も……」

つい口に出してしまったことを誤魔化すように、ココロワはそっぽを向く。

「なんじゃ、教えてくれてもよいではないか。ココロワ～！」

懇願するようなサクナの声が、部屋に響いた。

再び、冬

1

「それではこちらを。あ、そちらもお土産用に包んでいただけますか？」

黄昏どき、ココロワは都の郊外にある行きつけの茶屋にやって来ていた。秋以来、ココロワは久しぶりにヒノエを訪問する。お土産として菓子を持って行こうと立ち寄ったのだ。往来へ出ると、その寒さにココロワは身震いした。紅葉はとうに散り、木枯らしが吹きすさぶ。都では既に冬支度が始まっている。間もなく初霜も降りるだろう。

ココロワは息で手を温めながら、港へと急ぐ。

（久しぶりのヒノエ、楽しみですわ。……あ！）

正面から一台の牛車《ぎっしゃ》が向かってくる。牛車の派手な外装から、乗り合わせている者が誰なのかすぐに分かった。

「ウケタマヒメ……さん」

牛車が停《と》まって簾《すだれ》が開き、中からウケタマヒメが姿を現す。

「あら、妾《わらわ》のことをご存じなのかしら？　光栄ですわね」

夏にも出くわしているのだが、彼女が気付く様子はない。

「あら、そなたが手にしているその本は……」ウケタマヒメはココロワが手にする冊子を見つめた。「ああやはり。朧月香子《おぼろづきこうし》の新作『稲作物語《いなさくものがたり》』ではありませんか」

「え、あ……は、はい」

「妾も拝読いたしましたわ。稲作について多少は調べているようですが、まあ相も変わらず夢見がちな物語でしたわね。そなたはその作品、どう思いました？　……同じ物書きとして評判が少しだけ気になっておりますの」

ウケタマヒメは目を細め、ココロワに尋ねた。あまり喜ばしそうな表情ではない。前に会ったときもそうだったが、どうも朧月香子に対して一家言あるようだ。

「……夢見がち。ええ、そうかもしれませんね」

前のココロワならそんな言葉を聞けば落胆していただろうが、今は違った。彼女の評は何も間違っていない。ココロワはくすりと笑う。

「それでも私《わたくし》は……満足しています」

「……それはどういう意味ですの？」

ウケタマヒメは訳が分からないようで、きょとんとしている。

「す、すみません。私は急いでおりますので、これで」

ココロワは頭を下げて、その場を去った。港へと向かう足は、知らず知らず速くなっていった。ココロワは冊子を強く抱える。いよいよサクナへと新作を渡すことができる。

(そういえばウケタマヒメさん、どうしてわざわざこのような郊外へ？　前にお会いしたときもこの近くだったような……)


「夢見がちな物語……ね」去り行くココロワの後ろ姿を見て、ウケタマヒメは嘆息した。

「妾はどうして、いつも当たるような物言いになってしまうのかしら……」

ウケタマヒメは茶屋で団子と煎茶を注文し、外にある長椅子に腰かけた。

(照れ隠し、というやつなのかしら？　素直に褒めればよいものを……)

敷物を捲《めく》り、長椅子の下に手を入れる。置かれていた短冊には、朧月香子の流麗な筆遣いで一首の歌が書かれている。『稲作物語』を出せたことに対する礼の歌だ。

(全くお礼を言われるようなことではありません。妾はそなたの作品が世に出て、正当に評価されなければおかしいと思っているだけですのに)

始まりは全くの偶然だった。この茶屋の長椅子に置き忘れられていた冊子。それを読んで、その夢想的な物語にウケタマヒメは一瞬で心を奪われた。

ウケタマヒメもまた短冊を取り出し、それに対して返歌をする。

（そなたにしか描けない夢幻《ゆめまぼろし》のようで、でも経験に基づいたであろう物語……。此度《こたび》の作品も素敵でしたわ）

ウケタマヒメは冬空を見上げた。凍雲が垂れ込めており、月の姿を遮っている。

（そなたとのやり取りはこうして歌や文ばかりですわね。本当のそなたはどのような女《にょ》性《しょう》なのでしょうか、朧月香子？　あなたが自ら顔を明かしてくれる日を、妾はいつまでもここで待ち続けるのです。いつまでも――……）

朧月香子の正体は誰も知らない。

それは彼女の本を受け取り、世に送り出しているウケタマヒメもまた同様である。

2

ココロワはいつものようにヒノエの入り江へと船を泊めた。今回は出航前に船内を子細に検《あらた》めていた。怪しいものが何も積まれていないのは確認済みだ。

虫鬼を倒した後、サクナやタマ爺《じい》と交わした会話を思い出す。

「しかしまた、一体どうしてココロワの船の中に鬼がいたんじゃ？」

「トヨハナ様の農書には、浮塵子《うんか》は遠くの地から風に乗りやって来るのではと記されていました。恐らくは虫鬼も風や波に乗り、私の船へ辿《たど》り着いたのではないでしょうか」

ココロワの言葉に、サクナは腕組みをして難しい顔をしている。

「……誠に偶然かのう。ココロワ、これを見てほしいんじゃ」

サクナは傍らにある風呂敷包みを解いた。出てきたのは、怪しい光を放つ黒い球だ。

「これは……？」

「船の残骸から見つけたんじゃ。結界石というらしい。鬼どもの力を増幅させる魔性の石じゃ。ヒノエでも特に湖の辺りはこれが多くての。わしが全て壊したはずじゃが——」

「そのような物がどうして私の船に……？」

「ココロワヒメ様」タマ爺が口を開く。「そう言えば一度都にお戻りになられましたな。機巧兵《からくりへい》が故障されたとのことでしたが、その原因はお分かりになりましたか？」

「いえ、出航前に検めていったはずなのですが原因は分からず仕舞いで——」

はっとしてココロワは口元を押さえる。御柱都《みはしらのみやこ》へとココロワが行っている間、船は港に放置されていた。そして出航の際、船内を検めていない。

「まさか虫鬼は海上から乗り込んだのではなく——港から出航するときには既に？」

「乗り込んだというより積み込まれたというのが正しいでしょう。この結界石《けっかいせき》と共に……」

「とすればじゃ。機巧兵を故障させたのもそやつめの仕業か。恐らくはヒノエに鬼を潜入させるために、ココロワを都へと一度呼び寄せたのじゃろうな」

ココロワはじっと考え込む。

「……機巧兵に明らかな破損箇所は見られませんでした。まるで自然に壊れたかのようでした。そんな壊し方ができる者など――限られていますわ」

「以前にこの島に住まう鬼どもに火器を与え、ココロワを陥れた神――恐らくはそやつと同じ者じゃろうな。此度は虫鬼でこの島の天穂《あまほほ》を全て枯らすつもりだったか」

「……警戒が必要ですわね」

その神の狙いがココロワなのかサクナなのかヒノエなのかは分からない。

ただ、一つだけ言えることがある。

（この素晴らしい島をその者の好きになど決してさせませんわ……）

ココロワが峠を登ると、丁度サクナが鋤《すき》を持って神田に出ていた。サクナはココロワを見て、顔を明るくする。

「おお、ココロワ！　ひっさしぶりじゃのう！」

「サクナさん、お会いしたかったですわ！　この時期からもう田起こしですか？」

「稲の刈り跡を鋤《す》き込んでおるんじゃ。放っておけば虫が湧くしの。どれ、一段落したし休むとしよう。茶でも飲んで——お、それは！」

サクナはココロワの持つ冊子を見て、目を丸くした。

「あ、はい……！」

ココロワは予《あらかじ》め頭の中で組み立てていた言葉を発しようとした。

（書林で朧月香子の新刊を目にしたのです。よければぜひ、読んでみてください——）

「しょ、書林で——」

「なんと！　おぬしも買《こ》うたのか！」

「朧月香子のし——って、え？　おぬしもということは、まさか？」

「うむ！　つい昨日《さくじつ》、都から来た瀬守神《せもりがみ》が届けてくれてのう！　いやあ、久しぶりの新刊じゃったからちょっとずつ読み進めるつもりが一晩で読み切ってしまったわ！」

「そ、そうだったのですか……」

空振りになってしまったが、ある意味では嬉《うれ》しいことだ。

（決して短い物語というわけではありませんのに……。本当に朧月香子の新刊を楽しみにしてくださっていたのですね）

「それでじゃ。その『稲作物語』の所感じゃが——」

ココロワの心の臓がどきりと跳ねる。

（わわわ……。しかし、まだそこまでは心の準備ができておりません！）

怖いのと同時にとても気になった。ココロワの書きたいように物語を綴《つづ》ったが、肝心の読者であるサクナは果たしてどう思ったのか。

だがサクナは途中で口を噤《つぐ》んだ。

「おっと、もしやココロワは未読じゃったか⁉　それはいかんのう、読んでから……」

「い、いえ！」ココロワはサクナにぐっと顔を寄せる。「私は読む前に評判を聞いておきたい性情ですので！　ぜひサクナさんの所感を聞かせていただきたいですわ！」

「おお、そうか？　……ってココロワよ、顔が赤いぞ？　熱でもあるのでは……」

「ここまで！　走ってきたからですわ！」

「そ、それならよいが……。所感か？　まあ、核心を避けて申せばこうじゃな」

ココロワは生唾を飲み込んだ。ココロワが楽しんで書いたことと、読み手のサクナが楽しめたかはまた別問題だ。がっかりさせてしまっていたら――。

サクナはにかっと笑顔を浮かべて言う。

「朧月香子の新刊――それはもう最高じゃったぞ！」

「……！」

「いや、やっぱり香子の紡ぐ物語はたまらんのう！　主人公は都落ちした上級神の青年なのじゃがな、僻地《へきち》で稲作をすることになるんじゃ。その稲作の描写もなかなか真に迫っておる。いや、しかしそんなのは些末《さまつ》な問題でわしはこの物語の真価はやはり香子が得意とする登場人物たちの繊細な心の機微を鮮やかに描写しているところにあると思ってな。一度読んだだけでは全てを理解できぬほど深奥で――って、はっ！　すまぬ。少し熱がこもってしまったわ！」

「……グ」

ココロワは顔を伏せ、地面を見つめた。

「ココロワ？　どうした急に俯《うつむ》いたりして。やはり具合が悪いのでは――」

「グヒヒヒヒヒヒヒッ！　い、いえ、そうではない、のです。ウヒヒッ……！」

頬が緩むのを抑えることができない。自ら作り上げた物語を読者から褒めてもらえるのは無上の喜びだ。ココロワは顔を戻そうと、両の手で必死に頬を叩く。

「――しかし、一つだけ気になることがあっての」

「き、気になること⁉　なんでしょうか？」

「うむ、青年が好意を向ける女子《おなご》が出てくるのじゃが――わしに似ておらんかのう」

「え⁉　ササササ、サクナさんにですか⁉」

ココロワの背筋に冷たいものが走る。

「ううむ。作中の島といい、どうもヒノエとわしを参考にしておる気がするぞ。もしや都でわしの話が香子の耳に入ったのではないか？」

（あわ、あわわわ……!?　ばれています!?）

サクナの言うことは図星である。もちろんそれなりに設定を変えてはいるが、根本的なところはココロワの中のサクナ像を基にしている。見抜かれるのも仕方ないかもしれない。

（ど、どうやって言い訳をしましょう？　なんと誤魔化せば……!?）

家から田右衛門《たうえもん》やきんたたちが出てきた。きんたは呆《あき》れ顔で言う。

「お前《めえ》、今朝に続いてまたその話か。馬鹿なこと語ってんでね」

「いや、十分にあり得る話じゃろ！　この女性《にょしょう》――たおやかで、頼り甲斐《がい》があり、島の者たちからは慕われ、皆の中心となっておる。まるっきりわしではないか！」

「おひいさま、自ら語ることではありませぬぞ……」

「たおやか……すかねえ」

きんたの横で、ゆいが首を傾《かし》げる。

「的外れもいいとこだべ」

と、きんたも和する。

「もしや！」突然タマ爺が大きな声を出した。「その小説に出てくる女性、トヨハナ様のことではありませぬか」

「お、ほいにちげねえっぺ」

「トヨハナ様……一度はお目にかかりたかったですなあ」

田右衛門がしみじみと呟《つぶや》いた。

「う、うぬ〜〜〜〜っ！　おぬしら揃《そろ》いも揃って〜〜〜〜！」

憤慨して、サクナは地団太を踏む。

「大体だ、お前《め》の話がほいな偉い様の耳にまで入るわけねえっぺ」

「なんじゃと！　そんなこと――……」

サクナは途中で言葉を止めると、うんうんと頷《うなず》きだした。

「……いや、そうかもしれぬな。わしが朧月香子に知ってもらえておるなど、さすがに驕《おご》ったわ！　烏滸《おこ》がましいにもほどがある。香子は母上のことを参考にして書いたのじゃろうな。……しかしいずれは香子に届くほど名を馳《は》せたいものじゃ」

そのとき、家からミルテが顔を出した。

「サクナ！　おチャにしましょう！　O、ココロワ！」

田右衛門やきんたは歓声を上げて家へと飛び込んだ。

「うむ、小腹も空《す》いてきたしのう。ほら、ココロワも」

振り向いたサクナの身体は泥だらけだ。

ヒノエへと来てまだ日も浅いとき、ココロワは泥を汚らしいものと思っていた。だが今では、その泥をなす土の一粒さえも愛《いと》おしく思えてしまう。

「——香子は」

「む？」

「香子はもしかしたら、サクナさんをご存じかもしれませんよ？」

サクナはぽかんとしていたが、にかっと笑う。

「そうだったら光栄じゃがのう！　ああ、しかし面白かったが、次の新作はまだかのう！　当面はこれを読み返すが、待ちきれんぞ！」

「もう、せっかちですね」

ココロワとサクナは皆が待つ家へと向かった。

「ええ、きっとまた、すぐに新しい作品を書くと思いますわ」

陽《ひ》が落ちるのも随分と早くなった。

じきに初雪が降り、このヒノエは真っ白に包まれるだろう。

そしてその雪は解け、草木が芽を出し、また稲作が始まるのだ。

謝辞

作中の短歌は電気通信大学名誉教授の島内景二様に作成していただきました。

また、稲作描写については、筑波大学つくば機能植物イノベーション研究センターの加藤盛夫様、直井弘典様より貴重なご助言をいただきました。

この場をお借りして、深く感謝を申し上げます。

安藤敬而

解説

こいち（えーでるわいす）

なんだか大変なことになってしまいました。
好きなゲームを作って出したらパッケージは品切れ続出、
メディアからは連日インタビューを求められ、
テレビでは有名アナウンサーや芸能人が言及するわ、
本職である農業系の方からは怒られるどころか感謝されるわ、
ついには農水省からもお声がかかるわ……
発売から約1年経った今でもまだ事態を受け止めきれておらず、
「すごいな〜」と、どこか他人事のような感覚がなくなりません。
明らかに自分たちの実力を超えた成果です。日本神話を元にしたから
日本の神様たちが超自然的なお力を貸してくださったんでしょうか。
考えてみれば、『天穂のサクナヒメ』というタイトルは
開発中から発売後に至るまで何度も神風が吹いてました。
もちろん大変なことも沢山ありましたし、うちの代表者かつ
プログラマーのなるさんとは何度もぶつかってきましたが、
そんな苦労は些事と思えるくらいの幸運が何度も続きました。

最近になって多少落ち着きはしたものの、まだまだ続いてます。
今回のノベライズのお声がけもその一つです。
天下の集英社様ですよ。小説家の安藤敬而先生、Ｊブックス編集部は
いずれも有名版権のノベライズを手掛けられた実力者。
しかも安藤先生は農業研究者でもあるそうで、
僕ら素人が必死こいて調べた怪しい考証の出る幕はなさそうです。
さらに幸運は続き、なんとサクナはプレイ済な上にファンですらあるとのこと。
仮に社交辞令であったとしても十分ありがたい話なんですけど、
実際打ち合わせてみると本当にファンなんです。話が早い早い。
プロット第一稿からもう良いんですよ。執筆が進んでいく中でも
ここはどうだろう？みたいな指摘をする必要は全然なく、毎度毎度
「サクナたちってあの後こんなこと考えて生活してるんだな～」
と、原作側でありながら納得させせられておりました。
本書『ココロワ稲作日誌』では、タイトルが示す通り
サクナの親友、ココロワヒメが主人公です。
彼女は開発時に本筋との絡みが悪いだの制作コストが高いだの、
一時は削除まで検討したキャラでしたが、リリース後はユーザーからの反応もよく

今ではこうして大手出版社からスピンオフ作品が出てしまうほどの存在にまで育ってくれました。

ココロワは『新進気鋭の発明神』、そして小説家『朧月香子』という二つの顔を持っています。本書はそれぞれのバックボーンを活かしつつさらに農業もやってみようという面白いアプローチの作品です。

ゲームでは（一度消えかけたキャラなだけあって）描写しきれなかった、様々な情景にしっかりと光を当てていただけたと思います。

ファンの方が望んでいたあんなシーン、こんなシーンがいくつも見られたんじゃないでしょうか。

農業描写もさすがに秀逸です。安藤先生ご本人の専門知識に加えさらに筑波大学、加藤盛夫先生にもご助言いただいたそうです。

これが実体験に基づいた創作……しかと思い知らされました、ウケタマヒメ様。

いや本当に、なんて恵まれたタイトルなんでしょう。多方に感謝しきりです。

そして虫鬼ですよ。……虫鬼！　浮塵子《うんか》鬼ですよ。

こいつは最強害虫なんだそうです。確かにゲームではいなかったですね。

アクションは狩りパートということもあり、ジビエにばかり気が向いていたので獣以外の鬼はほとんど検討したこともありませんでした。

本書のクライマックスは純粋に読者として楽しませていただきました。
キモ恐ろしくもかっこいい虫鬼と、ゲームではシステム上できなかったことでもある
サクナとココロワの共闘が見られて大変嬉しかったです。
それから、えー……今回も例の黒幕は明らかになりませんでしたね。
ハイこれは僕のせいです、ごめんなさい。
いつか回収するつもりはありますので、気長にお待ちください。
最後に、本書を手掛けられた安藤先生、六郷様をはじめ集英社の皆様。
いつもお世話になっているマーベラス、XSEED Games の皆様。
ゲームを楽しんでくださったユーザーの皆様。
ここまで読んでくださった読者の皆様に心からの感謝を捧げます。
『天穂のサクナヒメ』は発売から約1年経つ今でも、
機会ある度に沢山の暖かいコメントをいただいております。
これからも色んな人のお力添えをいただきながら
様々な形で展開を続けていくことになっておりますので、
末永くお付き合いいただけると幸いです。
いつかコロナが落ち着いたら各地の神社にお礼参りをしなくては……

天穂のサクナヒメ ココロワ稲作日誌

本書は書き下ろしです。
発行日　2021年10月9日　第1刷発行
原作　えーでるわいす
小説　安藤敬而
編集協力　鷗来堂
担当編集　六郷祐介
編集人　千葉佳余
発行者　瓶子吉久
発行所　株式会社集英社
〒101-8050
東京都千代田区一ツ橋2丁目5番10号
編集部　東京03(3230)6297
読者係　東京03(3230)6080
販売部　東京03(3230)6393(書店用)
印刷所　中央精版印刷株式会社

Printed in Japan ISBN978-4-08-703515-5 C0293